歇下脚步

拥吻阳光

守住手心里的幸福

歇下脚步 拥吻阳光

梁利萍 著

线装书局

图书在版编目（CIP）数据

守住手心里的幸福 / 梁利萍著. -- 北京 : 线装书局, 2015.8

ISBN 978-7-5120-1892-1

Ⅰ. ①守… Ⅱ. ①梁… Ⅲ. ①散文集 – 中国 – 当代 Ⅳ. ①I267

中国版本图书馆CIP数据核字（2015）第191358号

守住手心里的幸福

作　　者：梁利萍
责任编辑：程俊蓉
装帧设计：王文龙　白　晨
出版发行：线装书局
　　地　　址：北京市西城区鼓楼西大街41号（100009）
　　电　　话：010-64045283（发行部）　64045583（总编室）
　　网　　址：www.xzhbc.com
经　　销：新华书店
印　　制：北京天正元印务有限公司
开　　本：880mm × 1230mm　1/32
印　　张：7.25
字　　数：151千字
版　　次：2015年8月第1版第1次印刷
印　　数：0001—2000册
定　　价：26.00元

自序

谨以此书献给我亲爱的爸爸妈妈。

感恩你们送我来到这尘世间，让我拥有这一程的生命，得以感受大自然的壮美，叹日月星辰之神奥、赞湖海江河之浩渺、品春夏秋冬之变幻、听花开叶落之灵妙，令我的生命丰富充盈。

感恩你们陪伴我行走于人群中，让我在人间苦乐悲喜中体味良善、识得良善、学习良善，令我的灵魂不甚污浊。

感恩你们给我无限包容的爱，包容我的一次次任性、一次次挫败；感恩你们在我跌倒时相信我一定能站起来，愿意给满身泥污的我一个怀抱，给孤独的我一个港湾；感恩你们在那希望之光微茫时，义无反顾地和我一同托起我所执着的梦想。

这一册粗拙的文字，虽不成器，却也迸发于灵魂深处，而今将它们晒置于阳光下，直面自己心境的同时，让爱与感恩的亮片，带给父母稍许欣慰，唤起有缘人一点共鸣。

contents

目录

二、一城花开

三、爱的自言自语

四、守住手心里的幸福

一、歇下脚步，拥吻阳光

至乐莫如读书。
书是甘露，有了书的滋养灵魂才不会干涸；
书如阳光，有了书的光芒心才不会晦暗。
氤氲的墨香，聚天地精华之气，
沁人心脾，明人心智，
爱之取之者，自会芳香四溢，
亦正如苏子所言：腹有诗书气自华。

喜鹊的心情

冬日的午后到底要暖和些，太阳执着地投放它的热情，使凝冻的寒气不由得松懈下来，刺骨的冷风似乎也倦了，收敛起它的针芒，丢给这座城市暂时的祥和。在这样一个美妙的时刻，我按捺不住对温暖的渴望，跑到院子里尽心享受起这不可辜负的阳光来。

没有了叶子的荫庇，阳光越过杨树光秃秃的枝丫满满地把我包裹起来，透过厚重的棉服依然可以感觉到它的温度。太阳把杨树网络样的枝丫印在老旧的水泥路上，如一幅长长的木刻版画，看着自己的影子移动在斑驳的树影儿间，恍若置身于画中。我正醉心于这自然作就的无华的艺术品中，不想头顶上两声脆亮的鸣叫扰了我的奇思妙想，循着声音举目而望，竟是两只漂亮的大喜鹊悠然立于枝头，头和长长的尾羽黑亮亮的锦缎一般，圆润的肩、腹净白得一尘不染，如身着一件质地上好的坎肩，一对漂亮的翅膀轻轻拢在背上，在阳光下闪着幽蓝的珍珠般的光泽，如此雅致得体的礼服不知出自哪位设计师之手。与许多鸟类乐于栖息在远离人群的山林间不同，喜鹊是逐人群而栖的，喜爱筑巢于人类居所旁高大的树枝上，于是在这钢筋水泥林立的北国都市中，喜鹊成了最靓丽的大鸟，又加之其鸣叫声响亮悦耳，故自古就有极好的人缘。

喜鹊转动着黑宝石一样的眼睛，望了望树下的不速之客，便昂起头继续忘情地一唱一和，边歌边舞，细长的尾羽摆来摆去，如同挥舞着的指挥棒。这嘹亮得此起彼伏的歌声在灰冷的空气中散开来，骚动着路人的心思，再沉闷的面孔都会幻化出一个笑容，我的心里也添得了一份意外的喜悦。喜鹊在北京城里并不少见，树荫浓密的枝头时常可以看到它跳动的身影，然而在枯寒萧瑟的隆冬里，我已淡忘了这一年四季固守于此的鸟。环顾四周，成排的树木齐整整地枯败颓秃，喜鹊跃然枝头，举目不见枝茂叶绿、蛾飞虫蠕，我诧异于这无比快活的大鸟面对如此的萧条景致，哪里来的心情放声高歌？冬天的日子对于喜鹊这样的留鸟来说并不好过，先不说风景，这寒风冷雪的侵扰就足够难过了，更何况没了小虫和果子，可食用的东西少得可怜，基本上要靠捡拾人们的残羹冷炙和小动物的尸体充饥，若换我处于此境，愁都愁不过来呢，而喜鹊的歌声依旧如春秋季般嘹亮、喜悦，没有夹杂半点幽怨。喜鹊的心情丝毫不受外部环境的影响，它只是为自己的快乐而歌，也为自己的歌而快乐着，怀一颗快乐的心，所望之处萧条亦非萧条，每一种环境都是景致，每一种生活都可以有快乐。沿着小路继续前行，不远处又听到了喜鹊的歌声，原来有这么多喜鹊啊，顿觉心里多了几分快乐。

接下来的几日里，我刻意留意着所行之处，惊喜地发现无论是在明媚的阳光下，还是浊气弥漫的雾霾天，是暖和的正午，还是日暮的黄昏，只要在树下静静地驻足，总会听到喜鹊脆亮的歌声。原来喜鹊一直都在身边，也一直在唱，只是我们专注于种种烦恼，歌声被我们心头琐事的杂音遮住了。美妙的声音只有在心静时尚可抵达于耳、流动于心，心存快乐，便觉处处都有悦耳的歌。

自此，有了喜鹊的心情，日日都可听到喜鹊的歌声了。

最爱墨香

爱书。无论走到哪里，只要看到书店，就仿佛落入一个磁场，身不由己地往里走，想到将要置身于铺天盖地的书丛中，那种喜气止不住地往外溢。

尤爱小书屋。无须进入，只看门脸儿的格调和雅致的名号就足以令人陶醉了，美得让人不忍错过。进得门来，犹如回到久别的家，不大的空间布置得温馨而亲切，书满满地码放在或齐整，或错落的搁架上，有的平整地躺身于展台，用醒目的标题和独特别致的封面诱惑着一双双饥渴的眼睛。人或缓步检视着书脊，或驻足专注于一页文字，心被书俘虏了，悄无声息，仿佛旁人只是影子。在这里有缘擦肩的陌生人，记不住面孔，也少有只言片语的交流，然而想到邂逅了一颗颗同样爱书的灵魂，心中便涌动出淡淡的温暖。

淘书的过程本就是一种享受。在舒缓的乐曲中静静地翻找喜爱的书，犹如于流淌的小溪里捡寻鹅卵石，在形形色色中辨出自己的最爱。寻得一本好书，如捧了一粒钻石，眼睛更是闪出比钻石还亮的光来，再也不能放手，生怕被人夺了去。然而好书是这样的多，本本不忍释手，可是钱包满足不了我的贪婪，只好把一些书放下、拿起，拿起又放下，如同自己的孩子，哪个都割舍不下。

书屋的空间通常都不是很大，好处是书码放得比较紧凑，可以在很短的距离看到若干个种类的书，而不必像在大型书城那样，要在几个楼层间奔波。在这里，经常可以淘到在大书店被埋没、被忽略的好书。名家经典、上榜新书通常占据醒目的位置，我则更喜欢跪在地上翻书架最下层，从那些被冷落的不起眼或版本较老的书中，细细检索出触动我心的文字，用目光扫却那文字上的蒙尘，让重新放出的异彩与心共鸣。每每出手，必有收获。抱着据为己有的小册子，犹如私下偷捡了一个稀世的宝贝，满心抑制不住的窃喜。

到手的书要细细品读。最惬意的事，莫过于在午后的阳光下，听乐声缥缈，品咖啡醇香，捧一本喜爱的书悠游于字里行间，痴醉在浓浓的墨香里。即便置身于嘈杂的环境中，一本好书亦可令人的心静下来，仿佛周围的一切都凝固了，可谓是真正的灵魂出窍，思绪跃然书中，穿越着时间和空间，情绪也作了文字的俘虏，悲喜都由不得自己。

诗词歌赋怡情冶性，抑扬顿挫的韵律，丝绸样柔滑，琼液般饴口，又如古琴，弦弦扣心、余韵悠远。读史让人眼界开阔，纵读中国史，横读世界史，才能突破民族的狭隘，以整个人类的发展观来看待世界的发展进程，也才能从根源上理解现在的很多国与国、民族与民族之间的矛盾冲突，也因此更加珍爱和平。从历史中可以读到现在的影子，从现在也能够看到历史的痕迹，借古鉴今，社会才会有进步。

经典的人物传记，如《邓肯自传》、海伦凯勒的《假如给我三天光明》、写梵·高的《渴望生活》等等，总是能予人鼓励的。当你在为每个主人公不同的命运感慨的同时，更多的是被他们优秀的品格打动，他们的坚韧、执着、博大的胸怀和对生活的热爱，为我们注入一股股积极的能量，使我们的内心更强大、更开阔，也更平静。读小说是了解一个时代社会状态的最好方法，作者通常写的是他所熟悉的场景，所以从宫廷到市井，每一个生活细节都写得极其真切细腻，人物也活灵活现的。小说的情节性最强，一环扣一环，环环扣人心。一本优秀的小说，通常是让人废寝忘食地读，且读罢久久不能忘怀，生动地人物形象已经刻印在头脑中，仿佛一个个故友，成为自己生活的一部分了。

书的装潢也是一种美。有的素朴，有的雅致，有的古色古香，每一本都是艺术品。一些书配有漂亮的插图或彩页，让你在品味文字的同时拥有视觉上的享受；有的书里面只有素净的文字，静静地读，文字经由你的思路勾画出一个个生动的人物形象与场景，如果说书是个剧本，那么读书的人就是导演，尽可任由你的思绪天马行空。

快乐不能独享，好书还要推荐给好友，就像煮一壶上好的咖啡，定要请人同品，看别人与自己享用相同的味道，才心满意足。读罢一本喜爱的书，如果能有一二知己分享心中的感悟，是一件极大的幸事。一壶茶、一本书，围绕着相同的文字各抒胸臆，或相左，或相通，无所不言，畅快淋漓，更是回味无穷。能分享的快乐才是真正的快乐。

至乐莫如读书。书是甘露，有了书的滋养灵魂才不会干涸；书如阳光，有了书的光芒心才不会晦暗。氤氲的墨香，聚天地精华之气，沁人心脾，明人心智，爱之取之者，自会芳香四溢，亦正如苏子所言：腹有诗书气自华。

偏爱山的理由

孔夫子言："知者乐水，仁者乐山。"我比较贪心，二者皆乐，心里悄悄地更偏爱山一点。

偏爱自有偏爱的理由，每每想到山，走进山，一种亲切而崇敬的感觉由心底而生。

山慈爱宽厚，强者弱者皆可置身其中。依偎其怀，心是安稳的。仿佛他为你支撑住了天和地，拨开了风和雨。其实风雨哪里阻得住？只是有了山与你一起担当，心不再畏惧了。山倾尽所能养育与其共生的生灵，蝼蚁爬虫、飞禽走兽、花草树木和扎根其间的人类居民，在山中都不缺乏生命的给养。

山有他的性格，硬朗、耿直、忠厚。一方水土养一方人，山里的居民，祖祖辈辈、年复一年地饮山泉、食山果，自然秉承了山的性格，走到哪里都携着山的印迹。就算偶来一游的旅者，于这山间的清灵气息中浸淫一程，也会涤荡去半身俗尘，带走几缕纯净的山风。

山有他的高度，不同的高度有不同的风景，各有各的美。你可以在山脚筑屋耕田，也可以于半山结庐吟诗舞墨，或者登顶一览众山小，全凭自己选择，只要合自己的心意就好，怎样的选择山都乐于接纳，绝不挑三拣四、厚此薄彼。山的高度，让人仰望，令人崇敬，且高而可攀，只要你有攀登的意愿、能力、行动与恒心，山甘愿将你托举为顶峰。

山的丰盈，让人赞叹造物主的神奇大能，感慨大自然的无尽奥妙，感恩自己有缘于这个奇妙多彩的世界。于这无垠而渊深的世界中，我们的烦恼苦痛又算得了什么？那名利富贵又算得了什么？大自然如此宽厚博爱，只这山给予我们的就享用不尽了。山的丰盈，岂不也是生命的丰盈？如此美妙丰盈的生命何需为点滴的缺憾而苦恼抱怨？大自然赐予我们的这份礼物何等贵重，是我们配得拥有且不可辜负的。

登山之乐

山是我生命中的情人，那裸露的岩石、峻拔的身姿，想来就觉得亲切，见了更是兴奋，若是时间和体力均适宜，定是要攀爬一番的。

然而自己并非体格十分健壮之人，又不肯心怀大志，所以虽爱山爱得心潮澎湃，却并未攀登过太多的名山险峰。好在世上不只有珠穆朗玛和昆仑山这般让我望而兴叹的高山，更有大大小小数不清的寻常山峦随处散落着，虽无令人叹为观止的高度，倒也各自秉持着独有的风采，让如我这样的寻常人也可领略登山的乐趣。

这乐趣始于作出决定的一刹那，在权衡了自己的实力与兴趣后，一个目标诞生了。只这美好的憧憬就足以令人喜悦上一阵子，烦琐的准备工作也是极兴奋地忙活着，仿佛那一刻所有的幸福都已攥在手中了。

择一个天气和心情都明朗的日子，着一身轻便舒适的装束，登山去！

渐行渐近，山已在望，越是近前，山上的岩石树木越是清晰，那高耸的山巅越是要仰望，甚或是仰望也不得而见了。当泥土与树木枝叶的脉络清晰地呈于眼前之时，人已是驻足于山脚下，这时的山不再是伟岸或俊秀的轮廓，而是实实在在的泥石草木和并不婉约的登山之路，正如一曲交响诗，我们开始步入五线谱中，需用自己的脚步踏着起伏跳跃的音符，敲击出动人心弦的乐章。

怀着对巅峰的向往和征服，带上满满的信心与热情拾阶而上。然而才行了几步路呢？人已是气喘吁吁了，虽略感疲乏却并无停下来的念头，因为知道这才是征程的开始，因为相信自己定会登临山巅的。只是这样的目标非一鼓作气便能抵达，因此我把举目可以望到的一处小亭、一方平地定作眼下的小小目标，告诉自己到了那里就可以稍事休息一下了。这仿佛触手可及的亭台平坡如一只无形的手提起我的精神，牵拽着我向高处进发。

这一处暂时的栖息地，如乐曲中的休止符般有着不可或缺的妙处。双脚终在此立稳的那一刻，便无所顾忌地大口大口喘息着，痛快地释放出积攒下的劳累，何需华宇软榻啊，只在苍穹下一驻足、一小憩，任习习凉风送爽，即是神仙般的享受了，原来幸福可以来得如此容易。

就这样一小段一小段地爬爬歇歇，倒也不觉十分辛苦，停下来的时候，饱餐一番周遭的秀丽景色，畅快呼吸这山野独有的气息，聆听叫不上名字的鸟雀们的赛歌会，生活的美好尽在这山林里了。

一直到赏玩得尽兴方开启下一段行程。每攀爬到一更高处回望同一景色，都有不同的视觉感受，总会为新发现的一条铁路或是一个涵洞兴奋不已。随着高度的加增，更多的山、更高的峰呈于视野，层峦叠嶂、延绵不断，这山外之山、雄壮外的雄壮，令人敬畏，更激发着人去探求的欲望，人说读的书越多越是觉得自己无知怕也是这个道理。

越是高处越是陡峭得很，有些时候不得不手脚并用了，仿佛穿越回了洪荒时代，体验着人类先祖迈动四肢行走于山林，与走兽为邻、与虫鸟为伴的生活，基因中对于荒野自然钟爱的天性被激活了，挣脱了素日礼仪的束缚，快活如一只心满意足的狒狒。

若是有同行的游伴，登山的乐趣还在于相互间的鼓励与协作，以及分享心中的诸多感慨。上上下下的路人，虽素不相识，但因着共同的志趣与体验，不待询问便会主动提供要紧的信息，唯恐有所遗漏；即使擦肩而过也会会心一笑，不必言语，自有心照不宣的亲切。这一座山似乎把世界变小了。

最大的乐趣当然在于登顶，是目标达成的喜悦与自豪。立于巅峰之处，极目远眺，一边是望不到尽头的崇山峻岭巍峨高耸，一边是开阔的绿野与点缀其间的农舍星罗棋布，车子穿行于缎带般的公路间，如急急觅食的甲虫。素日的抱怨被这壮丽的景象涤荡得没了踪影，这一片山川土地、这栖息于此的人们怎能不让我深爱、牵挂。俯瞰脚下一步步丈量而上的小山，满是浓浓淡淡的绿，随山体起伏着，波浪般壮美而浩渺，偶有陡峭的岩石兀自裸露，如碧波中的孤岛，真是天地造就的绝美画卷。从山脚而上，沿途抚摸过的每一株树木、轻嗅过的每一朵小花都成了这幅画卷的点点像素，微小而不可或缺，也正是这遍布山间的一草一木以它们自身强有力的生命和勃勃生机成就着山的俊秀。

若非抵达山巅，岂能得见令人视野与心胸都如此开阔的景致？

若非这一路的坚持又岂能抵达山巅？登山的乐趣，在于对山的征服，也在于对过程的体验与回味，艰苦与悦人的景致并存于途中，挥汗后的赏心悦目才是畅快淋漓。

其实登山之乐，与其说是征服了山峰，不如说是征服了自己。

树影儿

每天都要走过的路，今天多向外望了一眼，一幅清淡的水墨画卷映入眼帘。好雅致唯美的画作！路边一人来高的青石护墙上，用淡墨勾画出一排俊秀的小树，有写实的细腻，有写意的逸致，行人往来于此，如入画境，不经意间为这画儿添得一笔。

那是青石墙前的便道上一排细小的树。

柳芽儿翠了一城，桃花也灼艳地粉了，这些个树丝毫不为所动，在初春万物的骚动中，固执地守着那满枝的寂寞。或许心下也按捺不住了吧，可是总要为自己的执拗拿捏找个台阶下，只再等上一场春雨恳切地催促，定会狠狠地绿上一把了。

如今它纹丝不动，太阳斜斜地照过来，把树影儿精准地钉在墙上，虽则是片时的艺术，却毫无懈怠，细枝末节未损，那么融洽，仿佛它们本就是墙体的一部分，已存在了许多个年月，散发出岁月的沧桑美。

心下顿生一汪感动，车程的乏味也一股脑散尽。有了这样的美好收拾在心里，想着的看着的事儿，都像在淡白的水中添了蜜，甜润了些许。

何曾想过就这么擦肩而过的匆匆一瞥，几株不起眼的甚至我叫不上名字的枯树，一捧灿阳，竟让我一路愉悦至此时，且余韵仍在继续着。无尽地回味尚觉不畅快，这样的感动跳动于心，如泉欲踊跃而出，于是经由我笨拙的笔端流泻成字句的溪流，见了天日方得平静。

我不知道是先有了好心情才体味到了美，还是如此的美感染了我的心情，也许心中本存有对美好的期盼，如一粒火种，和外界的美好碰撞在一处就燃起来了。

心中这一粒美的火种多么珍贵，多么需要精心呵护，若是熄灭了，眼睛也必将失了光亮，任凭多动人的景致都映不进来了。只要这火种还在，心里总是亮堂的，即便外界的美好再不起眼，再掩藏得隐蔽，我总能寻得到它。

云想

不知道总喜欢望天算不算一种怪癖，反正我一有空儿就望着天空出神，尤其是缀了云朵的天空就更加不会放过。看漫天的云变幻不定、花样迭出，心也会跟着时而澎湃，时而静好，我想那时候的我是属于天空的，因为我几乎淡忘了地上的所有。

蓝天白云实在是大自然的恩赐，你不需要做对什么，哪怕你错得一塌糊涂，都可以有滋有味地白白观赏。

比方说今天，夏日初来乍到，还热得比较含蓄，丽日和风，身心清爽，实在是个赏云的好日子。云也就乖乖地来了。走在路上，见碧蓝的穹窿之间，云朵在闲庭漫步，有牵着手的，走着走着就散了；有独自徘徊的，不知不觉就和别的撞到了一处。它们那么随性，又似乎有些身不由己，只是个个漫无目的，悠闲自在，让人不免想往又羡慕。

眼前当空，一卷白云酷似正在奔跑的兽，长长肉肉的身子与拖在后面那条毛茸茸的长尾巴拉成一条直线，像是跑得很急，不知是在逃还是在追。我想用手机将其拍下来分享给朋友，又琢磨那到底像个什么兽呢？狼吗？狐狸或是松鼠？松鼠尾巴比这个肥些呢，狐狸的嘴巴似乎要更尖……结果就在这思忖的片刻，手机还没有来得及掏出来，它的尾巴已经和身子分家了，又在我犹豫到底还要不要拍下来时，眼见着它们越来越远，头部也不再明显。唉！人是物非。

我比较懊恼没有留下一张照片。真是名副其实的白云苍狗啊！这一刹那，不过是一口茶的功夫，就面目全非了。看来有些机会真的是稍纵即逝、无可挽回的，错过了就只能抱守遗憾。不过也还好啊，我毕竟是看到了，这一个刹那，又有多少人有缘见到并去享受那瞬息之间的美呢？

其实，因一朵云而起的奇思妙想，初见那份美的惊鸿一瞥与目睹失散之怅然，那小小的多愁善感，何尝不是一样收获？有时候，过程即是结果，心随云转，这本就浪漫如诗。

只是浪漫的诗篇中有一丝惆怅挥之不去，我忍不住叹息美好总是那么短暂，如人的一生之于地球的寿命，如地球的寿命之于宇宙的永恒，岂不都只是一个“刹那”？这么想我突然又释然了，因为反过来说，“刹那”岂不也可以是惊艳美好的？如天上的云朵，或厚似山阔似河，或薄如锦细如丝，如鸟似兽，瞬息万变，然每一刻都不失其精彩。

要有光

夜阑更深，我独自倚窗而立，远眺一扇扇玻璃窗中跳跃着的灯光，或橙黄，或莹白，像是不经意间散落在栋栋楼宇身上的钻石，星星点点，璀璨而温馨，冷峻的钢筋水泥由此也让人觉得温情了起来。夜静谧得纯粹，远远的，似乎可以听到那点点灯光的唏嘘。

每一盏灯都记载了一种生活，每一样生活都是一个独特的故事，欢愉也好、凄婉也好，绝无重复。家中这一团柔软的光，是人最终的归所，当拖着一身的疲惫、委屈、辛酸与焦虑，于夜幕中望到那千万星灯火中独为自己燃亮的光越来越近，心中的暗淡也消融了。整日的操劳奔波只为这归家的时刻，放下白日里沉重的面具，于灯光下还原成一个真实的自我。光端详着人，无言；人裸露着自己的灵魂，无须遮掩。

城市的夜晚月淡星疏，路灯格外珍贵。路灯执着地将被黑暗掩盖的污浊、危险和罪恶显明出来，任凭风雪雨雾肆无忌惮地横加干扰而不为所动。它倔强地燃着光，如恪守己任的卫士，引领着夜行人的脚步，安抚路人因黑暗与静谧衍生出的恐惧，它悄无声息地用那低调的光拨亮路人的信心和胆量，目送他们安然抵达归所。没有赞叹，也无须赞叹，给予是它的生活，低调是它的性格，它在黯淡寂寥中燃放着生命，当世界从黑暗中醒来，它便默默地隐去了光亮。

月亮是永恒的情人。宛若出尘入世的绝色女子，那高傲而矜持、脉脉含情的眼神撩动着古今中外文人骚客与艺术家的情思。张若虚笔下《春江花月夜》中月色的绮丽和情感的激荡，李白“花间一壶酒，对影成三人”的孤闷，与溪流般缓缓泻下的月光交融在一起，光与诗的邂逅，幽美而邈远。贝多芬一曲《月光》倾诉着温婉凄美的爱情，流畅的音符跳动在月色中拨弄人的灵魂，将月光的碎片种在人的遐思里。也许是月光独有的忧郁气质，总是能勾起世人的愁绪，即便是“嫦娥奔月”这样的民间传说，结局也是凄凉的美。月光是生活的项链，把苍白的日子点缀得有了生气，在清纯的光下，人们吟咏弹唱，舒展着浪漫与多愁善感的情怀，品味忧郁的余香。

月亮是慈悲的女神。在无垠的旷野，在崎岖的山路，在深幽的林间，月光不偏不倚地守候着每一个不肯歇息的生灵的步履。月是夜行人的忠实伴侣，行在有月的夜，心总不会孤寂。

清早，天若晴好，你轻合的眼睛定能触到蒙蒙的橘粉的亮，那是阳光，是你走出梦境看到的第一道风景。太阳已经在普照万物了。阳光养育着我们所栖息的这颗美丽的蓝色星球，是万灵生命之源，无论好恶，你都无法抗拒。阳光无处不在，只要不拒绝，它定毫不吝啬地探入到你的生活、你的身体和灵魂。即便是阴雨天，阳光依然透过云层在轻抚你；即便在深邃的夜，它依旧托付星月转达爱意。

阳光从不偏袒人，不分贫富强弱，它一样地温存，每一个生命在阳光下享有着同样的尊严。阳光爱着良善，亦不厌弃丑恶，它的爱是没有偏见的。它为美善披上七彩的霓裳，令人鼓舞、喜悦；让作恶的在光下看到自己的恶，在恶中看到世间的光，日复一日以永恒的慈爱召唤忏悔的灵魂。

然而阳光虽好，必伴有阴影。有时候，人看不到头顶上的光，只在意脚下的影，殊不知那影子正是因你的身体遮住了光。向往阳光，就不必惧怕阴影，那只是告诉你阳光已经在拥抱你了。

造物主七日创世，第一日便创造了光，光是生命的起始点。无论是微弱的点点灯火，还是壮阔的日月光芒，都以不同的方式同样的热情参与着我们的生活乃至生命，无法想象世界一日无光我们将是怎样的情形。

灵魂一样渴求着光明，心里的光亮了才看得到外面的光。爱是灵魂之光的火种，越拨越亮，织就善良、诚实、包容、谦虚的光环，灵魂因此而光亮、美丽。这里面的光是看得见的，在幸福的微笑、友善的言行里闪烁，亮丽着自己，更照亮着他人，与外面的光交织在一起，为这个世界注入能量和美好。

也得日高眠

病倒了才发现冬日的太阳格外恩慈。

偶来的变故总能有不经意的收获，失去的是常规，得到的是独特。这是上天的好意，在看似刻意的为难中扔给我，于是收获到意想不到的祝福。

这场病来得不是时候。正在准备一个要紧的考试，时间仓促，拼命三郎式的埋头苦读放倒了我。卧床几日，争分夺秒抢来的时间一分不少地都要还上，还需额外支付利息。泄气也服气，自然规律是破坏不得的，与它较劲的结果只能以惨败收场。

这些天，承受着身体上的痛苦自不必说，更心疼的是白白丢掉的时间。一寸光阴一页书，页页是分数啊。

不过我确实爬不起来了，头不止昏沉，更伴着频繁的抽空般的神经痛，要靠镇痛药才有所缓解。这下我不敢再硬撑了，这样的情况从前也有过，少说要三五日才能好。我知道若想尽快恢复，只能放下书本乖乖休息。

有点愤懑。难道是上天不愿成就我吗？为何总在关键时刻给我致命一击？本来时间就紧巴，我以悬梁夜读的强度分配我的时间才将将够用，并且按目前的进度来看根本就是不够用的了，可是我急老天不急，雪上加霜地又要抽掉我几个日子，做点事就难为我，不公平呀。

想哭，也想放弃，也许从一开始就不该做吧。只是心有所不甘，我已花费了大量的时间和精力，真是进不得退不得。我想我是个运气不好的人，除此之外还能如何解释呢？头更痛了。

只是不论我怎样气恼、灰心、进退两难，事实就是这样——我病倒了，不能读书，只能休息。上天不会因我的抱怨而奉上一个奇迹。

不愿认命。记得一本书上说，困难是化了妆的祝福，有心人才可以辨认出来。冥冥中，似乎有个声音在与我耳语："事情没有那么糟，这样的安排一定是有缘由的。"我隐约觉察到一星亮光，可是病痛中的祝福躲在哪里呢？

我想，定是我超负荷的学习，忽略了应有的休息，体能达到极限。前几日已有小小的不适了，该是个善意的提醒，可我领悟不到，老天无奈，只好来点稍大些的动作，要我做强制性的休整以恢复体能，从而避免身体垮掉。就像一栋房子，平日里该有的修修补补被忽视了，必要时就得大修，否则就倒塌了。这么想着，心里漾起一丝安慰，或许这竟是对我的眷顾呢。

那么，既如此，就先安心休养吧，一切都等康复后再说，办法总会有的。

于是就像一个女王，我拥有了三个意懒心慵的暖暖冬日。想着平日里，从一早起床就忙啊忙，当我能够气定神闲地坐下来歇息时，日头还歪在天上，只是阳光已不肯进屋了。曾经多少次，我垂涎太阳大把扔进窗子里的光，若是沐在其中品一盏香茗，听一曲钢琴该有多好，无奈只能望“阳”兴叹，如今却是奢侈地拥有了。不必起早，日上三竿爬起洗漱，打开窗帘再赖回到床上，我倚着床头松软的枕头，就算是闲书也不想读，一点声响也不愿听，只想静静地享受这份寂寥。茶啊咖啡啊是不能喝的了，这病弱弱的身子承受不起雅致的情调，此时，一杯清水再好不过，甘淡入口，目送袅袅轻烟乘着阳光隐身到一个我不可知的神秘世界去，身上心里都是温润的。

阳光太好，不享用是犯罪。我打起精神踱到阳台，羡慕起那几盆花儿来，晴朗的日子总能这样晒太阳，多大的造化啊！这把木椅许久没有坐过了，轻拍厚厚的碎花棉布坐垫，灰尘立时跳将起来四散逃去，我坐下，搭一方薄毯于腿上，赏花，晒太阳。谁说衰病少悰？若非这一场不适怎赚得如此的静与闲？偶尔无所事事一下何妨，总要有一点时间是用来浪费的，否则岂不辜负了生活。

一顿简单的午饭，随后回到卧室，阳光滚了大半张床，我把酸痛的身体交给阳光，安享一个惬意的午后小憩。竟然有些晃眼，不想挪动身子，舍不得离开阳光半寸，便轻合双眼，眼前肉粉粉的一团朦胧的亮。一时睡不着，思绪没有方向地四处神游，回过神来，只觉左边脸颊温热热的，不用说，一定是飘着红晕了。不知道究竟是何时神游到了梦乡，又何时与梦乡惜别的，一睁眼，阳光已经从身上溜走了。

神仙样的日子一过，我知道自己终是要回到人间了。将心收回书本，重新调整了复习计划，到临考试的头一天，可丁可卯地按计划完成了复习。考试当然顺利通过，得知成绩的那一刻，我暗自庆幸亏得当初改变了复习方法，否则按那个进度下去是不可能完成复习的，而那个改变是一场小恙逼出来的。我也庆幸自己坚信困难中定包裹着祝福，当初是寻到了，此刻是读懂了，这祝福是如此之大，给我信心与喜悦。

瞧，唐人只为“偷得浮生半日闲”就欣喜出一首好诗，我饱饱满满地自在悠闲了三日，不见半句诗词涌出，还白白赚得一个满意的成绩，上天对我何其优厚哉！

勿忘我

捧一束勿忘我而归，不是因为爱情。那个轻声柔语殷切叮咛“勿相忘”的人却是自己——遗失了很久的我。

跋涉在生活的山水间去找寻一处心所向往的归所，一路行来，追逐着诸多诱惑与责任奔跑，窒息而疲惫，却是哪一样都不舍也不能放下。就如此走呀走呀，如一粒苍耳，粘在责任的裤脚上，下不来也不愿下来，只是混混僵僵、热切切地随了走。认定自己是为责任而生的，突然有一天从责任中掉下来，孤落落的，茫然不知所措，忘记自己起初是要到哪里去，也不知道身处何方了。

我一天天不安起来，失了魂地焦虑，不敢回头望，也怯于向前观瞻。最怕夜静时分，为之奔忙的一切都停顿下来，不得不面对一个面目模糊的自我，像是灵魂中竖起一面镜子，我不敢抬头正视自己的内心。我在暗夜里痛苦地问自己：“你到底是谁？为何来到这世上？当离开尘世的日子，将如何面对自己的一生？”我无言以答，无颜以对。

困惑的是，几乎舍弃了自己的一切而尽着分内和分外的责任，看着自己的付出在他处结了些果子，欣慰之下却难掩心中的空虚落寞。我把自己的生命献于爱情与亲情的祭坛，如一捆炽烈的柴火，毫无保留地燃烧，毫不在意噼剥裂响中脚下堆聚了越来越多自己的灰烬。我把心划分出若干个区域，满满装载着别人的生活，唯独没有方寸之地属于自己。

直到有一天发现，我的爱已所存无几，燃烧的火堆柴木将尽了，这才想起恣意挥洒着满腔的爱，却未曾想过再为它注入新的能量。我把自己忘了，忘了分一点爱给自己。于是我用手蒙了眼，用“忙”蒙了心，假装自己是不存在的，编织许多个堂而皇之的理由，告诉自己不得不如此舍弃自我，仿佛若不是自己的牺牲世界将混沌不堪了，救世主般，以别人的幸福麻醉自己的疼痛。其实我因疼痛而生的怨怼又何尝不是亲人们的苦处呢?

我知道,是该把自我找回来了,哪怕将面对的只是一个虚空的壳。我静下心来，把自己不加修饰地摆放在眼前，闭上双眼又勇敢地张开：哦，那不是我，不是我想要的样子，那样面目全非、惨不忍睹。然而我从尚存奄奄的一息中分明看到了复活的火花，是心存的倔强的不甘,是与生俱来的对生活的渴望。上天既然让我来这世上走一遭,定是要我活出美好，你看无论多么卑微的花草小虫无不欣欣向荣地招展着生命，人又有什么理由放弃自己呢？断然不该妄自辜负上天之美意的。

原来世上的人，谁都可以辜负你、忘记你，而唯独自己不能。人若不爱自己，谁又能记得爱你？人若爱不好自己，又如何爱得对别人？

于是我捧了这束勿忘我回来，风干，放在客厅方几上乌亮硕大的水晶玻璃瓶中，四枝浓艳的紫簇拥着一枝柔柔的粉，褐黄的花茎中依稀可以看到曾经的绿，花艳如初，令房间生色不少。每当挫败、失意、艰难刷灰了我的心，这一瓶勿忘我久不衰败的艳丽却在我的心上涂抹着淡淡的靓彩，让我依然记得好好爱自己。

我把我的爱留出一份给自己，用以滋养出更多的爱来，如土壤，越是肥沃，越是结出更丰硕的果，以自己充溢饱满的灵魂爱我所在的世界。

还好有个家

窗外，十二级风狠命蹂躏早已片叶无存的树，毫无罢手之意，仿佛铁了心要将整棵树连根拔起。风在空气中摩擦出拖着长长尾音的怒吼四处冲撞，偶尔夹杂着玻璃在空中碎裂的尖叫，如恢宏壮阔的交响曲中突兀地鸣了一声锣，清脆的“当啷”声盖过风费力营造的势头，风吼得更加竭斯底里了。望着瑟缩在风中的行人，搓着尚未暖过来的手，突然觉得自己很幸运，还好，还好有个家啊。

家在，心总是安稳的。

这一两年，父母身体欠安，轮番住院手术，我离家的日子也就多了起来。长则半年，短则两三日，独遗空屋一处。人不在，家便失了魂儿。

我是一个极恋家的人，小屋虽不豪华，却被我拾掇得舒适温馨，每一样用品都是精挑细选来的，我喜爱且享受。离家的日子，自然是一肚子不舍，即便只是两三日，也有一种将久别的伤感，最后决绝地拎包转身出门，“嘭”的一声像是终结了一段生活，又如狠心丢下自己孩子的亲娘，不忍回头了。

若是离家时间较久，中间隔三岔五地总要回来清扫一下，有时候，因耽搁在一些事上，拖了个把月未能进家门，终于得了空儿，心下却有些不情愿了，个中缘由复杂，有点疏离，有点怯意与歉疚分泌出的生分，又抵不住牵肠挂肚的惦念，两股力量在脑中推搡。

一旦踏上归程心就笑开了，纠结荡然无存。那毕竟是自己家啊。

一把锁，一道门，“吱呀”是家的第一声问候，一脚踏进屋，整颗心都扔了回来。晦暗的光线，淤积的尘土气味向我发泄着久被冷落的怨气。

这怨气只要一拉开窗帘就被阳光抚平了，再烧上一壶水，沸声滚滚，轻烟袅袅，屋子里顿时有了生气。拂拭浮尘，想起宫崎骏动画里的灰尘精灵来，想必这些日子它们在这儿过得不错，这时节怕正收拾细软准备搬家呢吧。

如果说这屋是个小宇宙，人则是这其中的恒星。人的温度、气息与各样的能量发散开来，生机与活力四起，只消一会儿，阴冷散尽，屋中的一切都从死寂中醒来，花儿抖起了精神，房子便又成了家。

鸟有巢，兔有穴，还好，我有一处可避风雨的家。

陋室也好，豪宅也罢，人在，家在，没有人气的房子只是样板间，四季阴冷。

人是家的魂。没有家的人是孤独的漂泊的魂魄，没有人的屋是冰冷的虚空的壳。就像神吹口气造活了人，人的心跳唤起了家的脉动，它散发出甘美的味道，是花草的清芬，咖啡的幽醇，是油盐酱醋造就的烟火香；它唱出悠扬的歌，是欢笑声争吵声孩子的喧闹声，是锅碗瓢盆碰撞出的一阕曲。

恰似过于严肃拘谨的人少几分亲切，过分的规整则失了家的味道，添得些许凌乱，正如长空划过飞鸟、平湖漾起微澜，家一下子温情起来。家啊，该是随手搭在椅背上的风衣，是半盏飘香的茶，是夹了书签的诗集，是稚童于墙壁上大手笔的涂鸦。

家是隆冬的一炉火，是夜里燃起的一盏灯，是一句无须修饰的问候，是一扇永远等我归来的门。屋子也许足够小，家永远足够大，容得下我的喜悦、美好、眼泪与欠缺。家是不管走多远都愿回归的终点，是无论摔多痛还能整装待发的起跑线。

家，是风起时，一扇玻璃窗后温暖的思绪。

有家，真好。

屋顶下那一捧闲情美意

无论处于怎样的境地，都无法忍受缺少美的生活。

好在这是件极容易的事，好歹一收罗，身边的美就是铺天盖地，即便足不出户，一抬眼，一触手，一挪步，听到的瞧见的摸着的也都那么舒心，你众星捧月般地被美簇拥着，心里不乐滋滋的才怪。

勿要说囊中羞涩，美可以奢华，更可以素朴，且是最划得来的，你只要有那么一丁点闲情逸致，小小地破费一下，就会有种豆得瓜的收获，准保不后悔。

最起码，可以先把家拾掇齐净了吧。哪怕只陋室一居，四白落地，也可以让它窗明几净、毫尘不染，屋子亮堂了，心就跟着亮堂，看哪儿都顺眼，没什么大喜事儿也止不住地高兴。

然后，顺手养两盆花儿，不要名贵，好养活就行。土陶的盆儿，属砖灰色的最美，看着总能想起江南粉墙上之黛瓦，洒上点水，就蒸腾出泥土的香气，衬着那上头蓬蓬的绿，美得让人不忍辜负，多糟糕的心情都能暂且放下，多灰的心都能燃起希望。

当然还少不得布艺。不起眼的家具，随便一个旧木箱子也好，一块得体的布艺搭上，像是憨实汉子得着雅致的媳妇，立马儿有了亲柔的味道，整个家都漾着温馨。质地必是纯棉或亚麻的才好，有植物的灵气在，透着田野的清香，因此刚刚洗净晾干的棉布我总要凑在鼻下闻，醉于其中，贪婪地嗅着大自然的生命气息，收获一种莫名的感动。这些年，布艺家居店去了不知多少家多少次，只要路过必定拐进去，时不常能淘到宝贝。通常，也说不上有什么用，也不知道一定要用在哪儿，反正就是喜欢，只要价钱可心，喜欢就收下了，一样样儿地叠放在柜子里，闷得慌了扽出来看看，摆弄摆弄心里就舒坦。再说，东西只要拿回家，总有个时候，总有个地方能用上，那时心里特得意，嗯，亏得当初买下了，不然这会儿上哪儿找这么合适的去？

家里的盆盆罐罐，极偏爱陶瓷或是木头质地的，再次玻璃的也行，塑料制品能不用就不用，和大自然接近的东西里蕴含着灵气，会将人死寂的灵魂撞醒。花样越粗朴简洁越好，乡土、质朴，那是种超然的美，看着抚着，你会觉得与自然特别亲，离这块土地特别近，仿佛山河林木都凝聚在这小小的物件中了。论到款式花色，比较喜欢有设计感的物品，脱俗、别致、独特，有那么一种气韵在里面，那必定是手艺人倾注了爱意与智慧于其中的，分明是活的生命。最美最乐的还属淘的过程，有时候只是那么无意间地惊鸿一瞥，缘分就结下了；有时候是众里寻它千百度，才扒拉出灰头土脸的它来……每一样物件都有一段经历，一个独有的故事，捧于手中，摩挲着一段记忆，那记忆托举着果香茶韵，润口的是香，浸心的是甜。

在这样美的屋中，午后阳光下捧一本书读才够惬意。说到读书，少不得要佐以音乐。读古典书则听古琴，尤其是古诗词，琴弦的颤动能将你送回古远的山河宫闱，仿佛自己就是那个正在吟咏、挥毫的诗人；旁的书籍选几曲班得瑞或是轻柔的钢琴、竖琴、长笛是合宜的，是流动着的静，乐入耳、字入目，交汇于心。若说书中字句是香醇的酒，音乐则是下酒的菜，美的文字，美的乐曲，润泽人的灵魂，让生命总是饱满，不随时光而干瘪。

读一本好书决不能少了精美的书签，那才般配。想想看，当你读了几页书，陶醉于其中却不得不暂且放下时，夹一枚雅致的书签于墨香中，两条缎带飘乎书外，如一尾美丽的休止符，心也飘飘然，令这无奈的中止添得份诗意，岂非也是种享受？

说了这么多，真是琐碎，可过日子不就是琐碎的吗？在不起眼的七零八碎里，处处都可以种出美来。旧诗云："弄花香满衣"，若是日日浸泡在美中，你的言行，你的思绪，你的心境自然不会太坏。美的心境造就一双发现美的眼睛，你看这个世界都是精彩的。美是一种心理暗示，它让你知道自己的价值，让日复一日、年复一年的日子平常而不乏别致，不辜负生命的每一寸光阴，不枉费这尘世的每一程路。

其实，这都是多简单的事儿，关键是要有那个心气儿，就是对生活不可救药的爱。俗话说，情人眼里出西施，你看大街上一对对情侣，并非个个貌似天仙、才高八斗，但情人的眼里就只有那个她或是他，只为有份炽热的爱在骨子里。人生岁月无多，况且又没个定数，无论你是把生活当敌人、当路人，还是当情人，日子都要过，却是不一样的过法，你无法定夺它的长短，但可以决定它的苦乐，你若热烈烈地爱着它，它断无理由不给你一个笑脸。

古巷燕子家

如今，栖身鸽笼般的公寓楼，恐怕只有走进胡同里，才可以细细端详燕子了。

雨儿胡同，古老的小巷，诗意的名字，本是去寻访一段历史，却不想在一处大宅门的漂亮门楣角上，发现一只精巧的燕窝，如镶于门上的纵剖开来的半只陀螺，形状、颜色都似。花生样的小泥丸几近松散地粘在一起，纤细柔韧的干稻草向右倾斜着纵横交错地穿插在泥丸间，有几根很随意地垂在巢下方，于风中悠然晃动着，如灯笼穗子，如此整体看上去，犹如一条厚厚卷起的马海毛棒针围巾。建成这样一处住所，大约要一对燕子夫妇忙碌四五日，一个泥丸一个泥丸地与干枯的稻草、小树枝黏合在一起，在我们看不到的爱巢里，还有辛苦衔来的羽毛、碎布等铺就的柔软温床，那是为宝宝们准备的。

有些质疑这巢窝的坚固性，但疑虑很快被四个从中探出的黑亮小脑袋打消了，如此小巧的巢窝中竟然养着四只宝宝！憨憨的，挺着雪白溜圆的肚子，样子像极了企鹅。看那个头，也和成鸟差不多大了，绒毛基本褪去，只剩前面颈部还挂着些浅驼色的绒毛，看样子快要满月了。雏燕颈子上面是一大片桃叶状的咖啡色羽毛，十分醒目，如带了一只硕大的口罩，映衬得碳色的喙更加短小精巧。即便与头部羽毛同等乌黑，一对溜圆的眸子却深邃了许多，透彻如湖，略显不安地打探着搅扰了它们安宁的不速之客。不过很快便镇定下来，转动着身子，其中一只还自豪地展示了一下几近丰满的灰黑色羽翼。

我发现，燕巢正下方不远处有一块原木色的长方形薄木板，颜色与风格同整个大门的古朴迥异，明显是新近钉上去的。看到一只燕子宝宝掉转头，翘起肉粉色的屁股丢下一坨雪白粪便，又想起听说过一些人，因不堪忍受在自家屋檐下筑巢燕子大量的粪便而捣毁燕窝，立时明白了院落主人家的智慧与善意。门楣正中与燕窝平行处也钉有一块更长的木板，依稀可以看到此处有燕子旧巢的泥痕，显然是主人在告知燕子：这里筑巢不妥，我不想一出门就被鸟粪袭到，但依旧欢迎你来此安家，只是请向旁边挪一挪吧。燕子是恋旧巢的，方向感与记忆力极强，离巢数月、南飞几千里，来春北归时依然寻得到曾经的家。对于主人家的如此安排，燕子定是心领神会的，想必不是十分情愿，不过也只好妥协了，实在舍不得这么有韵味的门楣呀。主人家必定也是极爱这对燕子的，也因着爱，才想出了和谐共处的妙法子。

猛然间，雏燕们齐刷刷张大了嘴巴，此时小家伙们的头部似乎只剩下嘴巴了，极其夸张地固定成大大的“O”，露出里面的黄色来，像一只只打开口的杏黄色小口袋。那样的眼神是见过的，是在见到妈妈乳头的婴孩眼睛里，孩子们的期盼惊人又理所当然的相同，不同的是小雏燕们看到的可能是妈妈，也可能是爸爸。总之疾速飞来一只亲鸟，它紧贴小窝，几乎把整个头部放进了中间那只雏燕嘴中，没有吃到的宝宝们依然大张着嘴巴，眼神里是羡慕、失落加上盼望，精确诠释了"眼巴巴"这个词汇的定义，那是一种不忍直视的眼神，是父母们继而奋起寻食的原动力。爸爸妈妈是不会偏心的，它们总是按着顺序喂食，不会因为哪个嘴巴最大、身体最强壮就可以多吃。亲鸟喂食时身体依然保持飞翔的姿势，翅膀在空中扇动着，尾羽展开，露出一排漂亮的白色大圆斑，裙裾般，最外侧两个极其细长的尾羽叉开来，如芭蕾舞者修长的腿，姿势优雅而充溢着慈爱。这样一个喂食过程是在眨眼之间就完成了的，而后又箭一样飞出去了。如此两只亲鸟交替穿梭，你来我往，分不清哪个是谁。

古老的胡同里栽种着些许古老的槐树，有几棵是伸展双臂合抱不拢的，不时有葱郁的树荫从高墙探出，与墙外的呼应着，给狭长的胡同遮起浓翠的凉棚，不只是人，也是鸟雀之所爱。然而燕子对此似乎并无兴趣，它们只在空旷处穿梭飞翔，身姿矫捷优美，线条流畅，尤其是滑翔时极尽优雅。我诧异于燕子捕捉昆虫速度之快，只见它们在空中几个来回，就将小飞虫送入宝宝口中了，箭一般地去，箭一般地回，不见歇息，似乎永远精力旺盛。 飞翔并不耽误歌唱，歌声也如飞行一样急切，且响亮悦耳。燕子是极善飞行的，从清早四点直到晚上七点左右，除却午间稍事休整一下，通常都是在空中捕捉昆虫，想着我们常被朝九晚五的工作节奏搞得疲惫不堪，真是要佩服燕子的勤奋了。

胡同里的燕子不止这一家子，单是我看到的燕窝就有三处，大多建在门楣正中，看来那是燕子们最为中意的位置了，想必是为了安全吧，那是别的动物们不易靠近的所在。

据说燕子筑巢选址也是颇为讲究的，钟爱古老胡同的燕子，是否为这历史的厚重吸引？一扇扇朱漆大门之后，曾记录了皇家衙门、王公贵胄、名流巨贾的荣辱兴衰。乌衣巷的燕子寻不到王谢家的旧宅了，雨儿胡同，门楣未改，高墙之内数易其主，厅堂楼榭尚有遗存，可是谁在乎呢？只要这胡同里依旧安宁，朱门依旧安好，燕子便继续它们世世代代的繁衍，年复一年地过它们忙碌而快活的日子。

生活于这样的胡同中，日日嗅着历史的味道与燕子为伴，只这一样就令我羡慕不已，这是历史与自然赐予的奢华享受，却这么轻易就拥有了，怎能不让人羡慕！而对于身为过客的我，只是经历了这一段美好，心已是怡然的了。

雀儿飞来

坐在窗前听麻雀们闲聊真是一件愉悦的享受，搞不懂它们为何事喋喋不休，那音调极是甜美轻快。想必是邻家无人吧，透过玻璃窗看它们在邻家护栏上雀跃，一刻不停地左瞅右望着，警觉而愉快。

多想能同它们共享这午后的阳光与我手中的曲奇饼，和鸟儿们说说闷在肚子里的秘密。我蹑手蹑脚地靠紧窗子，唯恐惊到它们，不曾想，窗子只轻轻打开一道小缝隙，推拉的响动仍是惊得麻雀们扑棱着翅膀四散飞去，落到对面围墙边的老松树上，继而又飞到更远处的屋顶上落脚去了。一个孤独的我怅怅然打开纱窗，暖风烘着面颊亦不能带来些许安慰。很后悔因自己的好奇而扰了它们的自在，那超好听的啁啾声在远处依然亮亮地鸣着，愈加撩动着我的心思。

约十来分钟吧，大概麻雀们没看到什么危险，又实在太爱这处地方了，便大着胆子飞了回来。我不再敢贸然惊动它们，生恐再次的莽撞使得自己连它们的歌声也听不到了。

不知麻雀是怎样一代一代传告着那曾经的灭绝式捕杀的，小鸟似乎与生俱来地惧怕着我们，在它们心里除却恐惧是否还有着愤恨？其实这些年感觉身边的人还是越来越意识到与动物们的和谐相处了，走在外面，麻雀似乎比从前的胆子大了些，有时它们在地上蹦跳着啄食，人只要不是靠得特别近，鸟儿们还是比较安心的。只是过往的惨痛记忆大概已经深入到它们的血液里了，加上如今仍有人在加害于它们，我们的脚步声依然是麻雀们的梦魇。

想起紫竹院公园里小山上的松鼠，几年前也曾一度地活跃过，行于山路间，时不常地可以看到它们憨态可掬的身影，可惜好景不长，随着公园门口笼子里的松鼠增多，小山上很难再与它们相遇了。我们究竟为什么要舍了在山林间与松鼠的嬉戏而去把玩囚于笼中的它们呢？实不知乐从何来。

我们总是想尽办法让自己活得更惬意些，却不懂得生活的真正乐趣便是安享与自然的和谐，而我们极尽自私与愚昧地毁坏着自然的融洽，并为此津津乐道，为我们的凯旋曲伴奏的是鸟的哀婉、兽的悲歌，是森林倾倒的轰鸣，是沙漠向着绿洲行进的号角。我们亲自把赖以生存的家园践踏得体无完肤，使得造物主赐予我们为伴的生灵们睁着一双双充满恐惧不安的眼睛远离了我们。

我们自以为主宰了世界，却实在是被自然放逐了，森林与鸟兽距我们愈来愈远，囚在钢筋水泥的樊笼里方眷恋起丛丛绿林与鸟雀们此起彼伏动情的鸣唱。我们渐懂得珍惜的时候，离去的不见归来，那些不得不与我们毗邻而居的动物们已经视我们为天敌了。

毁掉的和谐非激起涟漪的湖面那般易得平复，而是喷薄的火山，于灰烬中重新唤起生机需恒久的努力。正如我们与自然、与鸟雀的和好，非一时一日之功，然而，只要我们在开始行动了，不要小看鸟儿们的智慧，它们既然一代代记住了劫难，也定能逐日领会到我们的友善。

期待着那一日，小小麻雀们肆无忌惮地飞来啄食我盘中甜点，如同与我共享下午茶的老友。

冬日里，寻得一树静默

近日为琐事烦扰，颇感疲惫，做什么都没有心思。也罢，索性把一切都放下，出去走走好了。

冬已过半，一出门，寒气咄咄而至，鼻尖酸酸的，头脑也觉清爽了些。风把云逐出了它的地盘，只留下干净利落的蓝，映衬得色调匮乏的冬日不那么肃杀。这时节的日头最惹人爱，即便是慵懒地斜倚在天上，一样少不了赞叹。冬天的午后格外静，偶有麻雀耐不住寂寞啁啾两声，也只如往湖心里投进三两个小石子，几道涟漪之后即恢复了平静，没有一丝痕迹。就连花园里稀疏的散步者也是静默无语，无意打破这份沉寂。

只想一个人走走，我避开往来的人，独自在花园外的小路上漫无目的地闲逛。路两旁依旧傲然挺立的银杏树早已谢尽小扇般好看的叶子，不见了夏日里的葱翠与深秋火烈的金灿，风摇落了它的琴弦，奏不出一曲那行云流水般的妙音，也不见地上斑驳的树影儿摇曳了。

齐整整两排棕灰色的枝丫自信地向天空舒展着、交错着，不加修饰的棱线覆以单一的色调，干练、洁净，是造物主的神来之作。

只有在这冬日，严寒剥去了叶子繁复秀美的装饰，枝丫才得以展示它的俊朗，那被柔软覆盖着的刚劲，是树的筋骨，亦是脉络，曾经撑举着春华秋实，承载着赞叹与褒美。然而冬天是个罕有掌声的季节，繁华落尽，是漫长的静默，匆匆而过的人们似乎忘记了这默然而存的生命，偶有感慨，也不过是对逝去的繁茂凭吊一番，唏嘘着如今的衰落枯败。

人为枯木发出叹息来，慰藉自己内心的愁苦，其实你若肯挺直瑟缩的身躯，定能觉然枝干内正悄然涌动着的勃勃生机来。繁茂葱茏的夏季，树木未曾沉醉在自己的俊秀里顾影自怜，也未曾为人们的赞赏忘乎所以，它知道盛极一时之后，寒冬总不会缺席，为此以饱满的热忱日日采摘太阳的馈赠，酿造成养分储存在枝干里，当最后一片叶在冬风中翩然而下回归泥土时，它的体内已是充盈着足够的养分了。你看它因着内在的饱满挺拔于冷冽中，自信而淡定。冬，向它投来冰寒的一拳，却被它握成了朋友。

没有掌声与鼓励，悄无声息地，树木仍在慢慢生长，不露一丝痕迹，它知道生命不是为了博得别人喝彩，不在乎漠视与冷寂，因为它心里盛载着对春的期许。它知道严寒终会过去，春必将如约而至，它的生命已经历了几多个春夏秋冬的洗礼，在繁与衰的变换轮回中学会了宠辱不惊，在艰险的环境里塑造了强大的身心。既然冬天在这里注定是不可跨越的季节，抱怨和叹息丝毫不能撼动严寒，那么，何不视为生命中的一道独特风景而欣然接纳呢？心存阳光，处处为温暖。

人生如树，撇去浮华，才得以看清其本来的样子，荣华美誉如附着的叶，逆境一来便枯萎失色，终是跌落下不知所踪了，依然昂立的是赤裸裸无华的本我。

冷风清醒了脑中的零乱，也拂去了心上的蒙尘，虽不如天那么清透，到底是明朗了些许，足以令我在这冬日的静默里听到心底所存盼望的声音，这个坚定的暖暖的声音让我在寒冷中不再瑟缩、不再沉重了，我知道冷冬是暖春的必经之路，只需要带上一颗强大而喜悦的心前行，静待春暖花开。

我轻抚银杏冰冷的树干，似乎触摸到它脉搏的跳动，听到它和我约定一个暖暖的春。

路啊，路

会不会觉得，人生就像一局迷宫？于数不清理不明的网路里寻找出口，不同的是，人生的入口和出口都不是唯一的。

人被命运之神随性撒在网络各处，落地即环境优劣有别，贫富、才智、体魄、性情不一，没有规则，没有道理。不必枉费心思同苍天诉不公，讨说法，上天就是如此安排的，是什么道理不会讲给你听，也不会更改初衷，人对于自己的落脚点唯有接受，即所谓的认命吧。

然而无论你落在哪一个点上，上天都为你脚下备就了可走的路，且不只一条，从人遇到的第一个岔路口起，该如何走，全在自己了。

人这一生，大大小小的岔路无以数计，时时都要面对方向的选择，每一种选择都将走向一段不同的路。每一次选择都是种折磨，参不透到底哪条路是当走的。悲观的，觉得条条道路都有陷阱；乐观的，处处风景都不想错过。只是，人世之广阔，人生之短暂，容不得你过多踌躇，无论做何选择，都不可能尽览世间美景，也不会让你遍尝世间辛酸。

从一开始你就知道想要到哪里去吗？或是边摸索边修正自己的目标？无论如何，人生总该是有个方向的。不过，把人生当作一场游戏的也大有人在，那就是走走看看，走到哪儿算哪儿了，大多数的人还是朝着自己心中的方向走。然而很多世事非你我可预料到的，莫名的变化在前方不知何处恭候着你。

有的路，初一踏足便是坦途，顺风顺水，心中自是欣喜、敞亮，然而你何曾见过世上哪一条路是始终平坦开阔、直直地通向目的地（况且真有的话也是乏味至极的）？倘使你得意过了头，不再积蓄自己的智慧与能量，遇到小的坎坷也足以给你大的打击了。老话说，人无远虑，必有近忧，况且前面的岔路还多着呢，眼前的平坦不意味着处处平坦。

有的路，走出不远，忽见眼前是看不到头的荒漠险滩，穷山恶水，不觉心头发凉。回过身去重新选择总还是可以的，不是说"苦海无边，回头是岸"吗？然而，你不能总是走着走着，看见困难就退身而出吧，那岂不是总在原地打转没有出路了吗？总要选一条道试着走下去，莫要被眼前的困境吓到，要知道多烂的路也有办法走到平地上去。

有的路，明明竖了"此路不通，禁止通行"的牌子，你却被在路口招摇的奇幻异景所惑，执意往里走，那又能怪谁呢？若是走着走着有了觉察，迷途知返才好，或是越走越深，退也退不出来，真正是到了死阴谷了。

有的路，一眼望上去实在是艰险乏味，但你确切地知道这是通向美好之地的，若果真那是你所向往的，即便眼前不见，你心里总要信才会踏上去，即使走在路上乏了、摔了，还是相信前程的美好，坚持着走。你别过头去，看到近旁的路途花木扶疏、鸟鸣啁啾，会有一丝后悔和动摇吗？有也无妨，权当短暂的休整好了，然后带上心中的希望继续行程。

好的景致总在险峻之处，那世间珍奇难得的有几样是在平地上明晃晃地摆着等人捡拾呢？人非到绝处方能发现自己的潜力、爆发力有多么大。上天造人，无论贵贱都给了一身本事，兴许是他看着送与你的卓越资质被平庸懒惰埋没，白白地搁置着，才将你引向绝处，以惊天霹雳将你震醒，碎落平庸懒惰的壳，将你的力量显现在眼前。人常说，后面要是有老虎追，一定会跑得很快，怕正是此理，当然，也有被老虎吓死的。当路的尽头是悬崖深渊，你做好了纵身一跃的准备，眼前竟忽地有一条路为你开了，你试探着顺着走，却发现所到之处比你预想的还要好。

若果真无路可走了，难道不可以另辟蹊径？当然可以，每一条路都是人用经验、智慧踏出的，我们可以踩着前人的智慧与经验走，也可以用自己的智慧拓出一条新的道路来。其实有些地方看似无路，只是路被遮蔽起来了，唯有独具慧眼的有心人才可以发觉。

如能寻得一条捷径快速走到出口该有多好，这是每个人心中常存有的美好愿望。人总是期望以最小的付出获得最大的利益，这不能说是错，毕竟两点之间若有直线可行，是鲜有人愿意绕弯道的，只是人生如果处处都是捷径，人生也就不叫人生了。记得小时候猜过一个灯谜：捷径（打一物理名词）。答案是“短路”。是呵，捷径并不意味着都是走向成功，更大的可能是以毁灭为结局的“短路”。

路啊，路！多么怕一不小心走错了路。俗话说，一步错步步错，让人怎不担忧？其实有时候，错的只是生活的方向，错过了一段本不属于自己的生活。常听人说(自己也是说过的):“如果我当初……”而后是一大段美好的憧憬，须知即便你当初如何如何了，事情也未必（或是说必定）如你想象的直线发展下去，依然会有遗憾让你悔不该当初的。有的错是当真要回头重走，有的错却只是误入藕花深处，多了一段与鸥鹭为伴的时光罢了。

人生比迷宫多了太多的出口，只要你撞了墙愿意回头另寻出路，只要你不惰于继续前行，或是近，或是远，总会有一个出口是为你打开的。

从不同的出口走出，所到之处自是不同的境地，风光迥异，却是一样的美好。

那时，让人感动的，通常不是结果的荣耀，而是对沿途景致与经历的回味。

歇下脚步，拥吻阳光

多想懒懒地歇在阳台的木椅上，沐在明媚亲柔的阳光里，伴着清淡的花草香，读上一段我喜爱的书。不要音乐，宁静的空间，宁静的心，没有丁点声音的搅扰，也没有丝毫工作的牵挂，做回与世隔绝的隐者。小隐于野，大隐于市，我就隐在这方寸阳台之间好了。可是这个看似平常不过的愿望，却难得如愿以偿，因为我终归不是仙，而是食人间烟火的人，被欲望撑满的心如何定得下来？

清早，饥肠辘辘的猫咪把我闹醒，我拉开窗帘，去找寻那枚初春的暖阳，极具温情的光诱惑着我，心中那个愿望的火苗冒得好旺。于是为了给自己创造一个“闲暇”的机会，我不停地忙碌起来，一定要让家洁净得一尘不染，一定要完成所有的工作，唯如此，心中无所惦念，才可以去安享那份舒适。可是天知道为何总有做也做不完的事，如聚宝盆，取之不尽做之不竭，待到终可稍作喘息时，却只有对着那抹夕阳的余晖惋惜了。

日复一日，我对着夕阳惋叹，期待拥吻明日的阳光。

终于，发现自己为着所谓的完美，为着心中那份物欲，也为着世俗的认可与赞许，错过了太多。追逐不可知的未来，错过了当下；追逐物质的丰裕，错过了亲情；追逐期许中的幸福，错过了手心里的快乐。就像一个攀登者，不停地向上爬啊爬，总觉得还能爬得更高，一步一步，气喘吁吁，小心翼翼，却忘记停下来享受路上的风景。为了追寻快乐，平添了几多愁苦，而快乐呢，就在身边，时时刻刻，如影随形，我却熟视无睹，如同空气，每天都在呼吸着，而从没放在心上。

不是吗？我从未留意过初春的嫩草何时破土而出，从未珍惜过亲人对我的牵肠挂肚，温馨洁净的居所我难得坐下来享受……诸多快乐轮番来敲我的门，我却充耳不闻。

还要多少次对着夕阳的余晖惋惜呢？是该停一停的，暂且放缓匆忙的步履，小憩片刻，品味生活的味道。大自然赋予我们的，以及我们创造的一切不都是为了更惬意地生活？人生苦短，能有多少日出日落，又有多少春光可以错过？我们绷紧了神经让自己时刻警醒，总要有个时候放纵自己醉一下，醉在阳光里，醉在亲情中，享受生活的醇香！

停步不是止步，只是适时小憩片刻，给自己机会体味生活的快乐和幸福，享受追求过程中的喜悦，修养出一颗阳光的心，对生活少一些抱怨与愤恨，多一些感恩与祝福。

二、一城花开

野花之于我们，
鲜有人识得些许它们的名字，
我想它们一定也为自己取了好听的名字，
用花朵的语言呼唤出来定是极甜美的。
花朵可有自己的语言？
当然有的，只是人不解花语罢了。
蜂蝶懂吗？春风懂吗？
无从知晓。

一城花开

东风遍遍催促，唤醒一城花开。

是的，一城的花。迎春急火火地披挂了满枝灿黄，如一粒热烈的火种引燃春日焰火，满城的花赶脚似的绽开万紫千红，一发而不可收拾。

想把春花尽收眼底，只是谁能追上花开的脚步呢？你看梅还不曾谢尽，早樱煞有介事地飘了一树，才不几日，玉兰幽幽地香了，不及你醉在芳香里醒来，晚樱、桃花又携着手把半个城染成了俏粉。接下来的日子，你不知海棠何时凋残了，也不知牡丹是在哪一个清晨雍容登场了，花儿们交错着、重叠着，把春天挤了个严严实实，不留一丝缝隙，真个让爱花人忙得不亦乐乎。

“弄花香满衣。”这样的奔忙自是乐着的，穿梭于姹紫嫣红的城中，馥郁一身浓香，归来数点满怀喜悦，心是彩色的了。

春也是彩色的，无花可以独霸。春是狂欢的舞场，不分名贵与否，每一样花都是主角。

难以想象一花独放的春，满城尽是一样的色调、一样的花姿、一样的芳香，如人穿了同样的衣裳，从初春到春暮，那么整齐划一地充斥着人们视野，无论多么艳丽的花都会令人沉闷而了无意趣，更何况又有哪一种花可以开得如此长久？春意的盎然正在于花的多姿多彩，梅花的优雅、樱花的逸致、桃花的热烈、牡丹的雍容无不淋漓尽致地舒展着，散发出各自独有的气质，令人在盼望里总能耳目一新。花大小迥异、高矮不一，错错落落地缀在无边的绿里，像是春风随手抛撒的，东一簇红，西一丛黄，缤纷凌乱得那么和谐。

花期有早晚、有长短，无谁定要拔得头筹，或寻尽心思娇艳得长久，更无谁能依着自己的好恶恣意扰乱花开的秩序，花顺从造物主排好的时令开谢着，绝无造次，即便名贵如牡丹者，亦恪守着它的本分。

其实，名贵与否与花何干呢？那只是人为花粘上的标签，而于造物主，没有一样儿不是尊贵的，无论大小、素艳，均赋予它独有的精彩。

人依着自己的心思赋予花各样的性格与象征，爱这样恶那样不免厚此薄彼，于花甚是不公。人言牡丹富贵就高傲吗？桃花浓艳就落俗吗？牡丹从不自觉富贵，遑论高傲？那是人心容不得它的妖娆；桃花亦非俗艳，是人不喜它的张扬罢了。花容是上天生成的美，若是欣赏着领受，就绝无一样可弃的。花是一面镜子，你看到的花就是你的心。

当我们忘情地为园中处处芳菲赞叹不已时，可知，在河畔、路边，在杂草丛生的荒弃之地，野花们静悄悄地盛开了，二月兰、蒲公英、苦菜，不曾在意过它们何时结了蓓蕾，若不是这一大片一大片的淡紫、嫩黄招展着勃勃生机，甚至不会注意到它们的存在。野花一点也不在乎人的冷落，它们有自己的世界、自己的生活啊！浸淫在祥和的春风里，它们畅快允吸天地给予的精华，与小虫嬉戏、伴蜂蝶舞蹈，尽情享受着生命，如此般的生命绝无惊艳，却不失旺盛。野花之于我们，鲜有人识得些许它们的名字，我想它们一定也为自己取了好听的名字，用花朵的语言呼唤出来定是极甜美的。花朵可有自己的语言？当然有的，只是人不解花语罢了。蜂蝶懂吗？春风懂吗？无从知晓。

邻近一座小桥，墨绿色的水流日日轻响着穿桥下而过，时不时送来一阵污臭，过往的人常是掩鼻而去的。不知是谁沿河岸植了许多黄花鸢尾，每一个春日里，总会见细长葱翠的叶丛与黄灿灿的花朵傍水而立，更有那许多叫不上名字的野花与鸢尾相伴。恶劣的环境怕是无谁喜爱的，不知糟糕的污臭曾否影响花儿心情，也许抱怨、苦闷甚至绝望过，一番挣扎后依旧不能脱离命运安排下的磨难，最终选择了平静，平静地接受这一切，然后把根扎入这方泥土，绽放出灿烂的生命之花。阳光下，那身影映入水中，花并无玷污，水平白地增了颜色，花与影对望，影随花摇曳，竟自成了一道景致，让行过的人几乎忘却了流水的污浊而驻足赞叹。

再看公路两侧干燥贫瘠的泥土中，蒲公英在招展着如小小向日葵样的花朵，急速驶过的大小车辆喧嚷着，抛下刺鼻的尾气和飞荡的尘灰，不知这样的嘈杂是否令花懊恼，但见叶子被尘土遮覆着已难看出原本的青绿，花容尽失，如落魄的贵妇，即便被人发觉也只得来怜悯的一声叹息。然而花蒙尘，岂是它所愿？也非它所能掌控，蒙了尘的花朵没有一点灰心，依然绽放着它的生命，尘埃压得下它的姿色，却挡不住它的芳香和强劲的朝气，它深信生命就是用来绽放的。

是上天不公吗？这一城的花，或供养于厅堂精心呵护，或落户于园林凭人赏赞，而有些却散落于偏僻、污浊处，无人浇灌养护，境遇如此悬殊不免觉得造物主有失偏颇。实则不然，你看那四处的野花，无论处于怎样艰难的境地都依然顽强地生存着，无人呵护却异常旺盛，因造物主既创造了它，就不是为着它的死，而是为着要它生，无论怎样的环境，都赋予它生存的能量，越是处于恶劣的境地，造物主更是偏爱它，赋予它非凡的生命。

你看这一城的花，无论在何角落，哪个不是灿烂地开着？

一树柠檬花

光影下，叶丛中，只是不经意那么一瞥，你俘获了我的眼神。我惊诧，我痴醉，而你不动声色地在角落里兀自绽放，遗世独立，仿佛我的赞叹属于另一个世界。

小小柠檬花啊，你在何时舒展了玉脂般的花瓣？曾以为你魂销香断，心中却仍信生命或会有个奇迹，忽然有一天你就在这枯枝上萌生了绿，又在这个午后呈给我一朵花，当初倏然而生的恻隐之心，竟在初春收获了幽幽一捧香和满怀的欣喜。

记起与你结缘时，你也是这样静静地开着，一两朵绽放的雅致的花，三五粒含苞的羞涩的蕾，那么随性地散落在翠叶丛中，收敛着身姿，张扬着馨香。哦，不肯承认你的张扬吗？那刺透心扉的香啊，它准准地直抵灵魂，这是上古的英雄也抵不过的诱惑。我这才知道，最要命的香不是外表的喧嚣，而是内在的沉淀，那不动声色的张扬更是无法抵挡。

于是你成了我的宠儿。我将你安置在最明眼处，因你的到来，阳台上所有的花都黯淡了色彩。每个清晨，你的身影与幽香是我一日美好生活的开篇，有你在盛放，我的心喜悦而安稳。

可是，花儿开始起了淡褐色的斑，我知道花逝的日子近了，心里也飘来一缕愁云，只那么一会儿阴郁的云就没了踪影，因为我还知道，花儿谢了总有再开的时候。我安心等待下一个轮回，等你的日子，就像等一个出游的浪子，但我心中是有盼望的呀，那盼望滋生出蜜一样的甘怡来，让浸润了甜味的光阴不觉那么长。

我认定你会再来，可有一天，我看到油亮的叶子失了光泽，一片，又是一片，一天，又是一天，不几日就如风干了的绿色知了壳了；我认定叶子落了还会生出新的来，可有一天，我看到你细细的枝丫变成了泥土色，我的心再也撑不住了，瞬间碎成了灰。

是我爱得太紧，还是我付出了错误的爱？又是怎样的错误竟至要了你的性命？我伤感更自责，对自己好失望。

等一等，我看到了什么？哦，我竟然在你的底部发现一段青绿，那是你微弱的呼吸吗？是你不甘于让生命谢幕的顽强一搏吗？是怎样的神灵啊，引领我看到那生的希望，是你的，也是我的希望。

我留下你，隐在一个角落，除了按时浇水却无更多关注了。我的心思渐渐转移到那些生机盎然、蓬勃旺盛的花木上来，不知是从哪一天起，我甚至忽略了你的存在。

就这样过了好久。

当见到你的第一片新叶傲然枝头那刻，我突然触到了自己的灵魂。不知该用怎样一个词来描述我那样的惊喜、我灵魂的震颤，刹那间觉得生活和生命都是那么美好，一切都那么有盼望，所有的困扰都不足以令我忧愁，因为啊，只因为我的柠檬花出新叶了。我不想让小小的一树柠檬承载我人生的所有悲喜情怀，可我又怎能不去分享它那坚韧的生命和重生的喜悦？

生命如此脆弱，又是如此坚韧。你不堪一击地倒下，又悄无声息地站起。

起初，你的新生已令我感动，我只求能延续你那几叶碧翠就好，岂敢奢望结出天使样的花儿来？而今，花儿明明地在眼前了，没有期盼铺垫的喜悦才叫“喜出望外”。

也许没有我过多的关注，没有背负我太大的期望，你的呼吸也是畅快的了；也许你根本不需要那么灿烂的阳光，只要有恰到好处的关爱就够了。你要自自在在、轻轻松松地活，放开手脚、顺应天性地生。花儿啊，你本就不是为我，为欣赏或不欣赏你的人盛放，也非为报答养花人的恩宠（养花人呐，你既接过了它的生命，难道不该对此有所担当吗？）吐芳，你只是在绽放自己的生命。漠视不能令你灰心，无以阻止你成长的节奏，焦虑的期盼亦不能更改你生命的进程，你依着自然定下的秩序稳稳地经历自己独有的生命，不在意鄙夷，也不喜于褒扬。你无法决定自己于舞台上的角色轻重，而无论在怎样的境地，你都是自己命运的主角，是宇宙中独一无二的生命，无论人用怎样的词汇给你贴上怎样的标签，你都清清楚楚地知道，自己就是大自然的一树柠檬花呀！

百合竹

初冬的一个清早，睡眼惺忪的我懒懒地踱到阳台上，拉开厚重的窗帘，柔和的阳光像是在窗外期待了很久，倏地撞进来，洒溅了一地。睡意也被这光给浇醒了，便顺手拿起小喷壶给那几盆花儿洒些水。这过程是极惬意的享受，眼见着喷出的水雾在阳光中扩散开来，伞兵一样舞蹈着落在叶上，流聚到叶尖，凝成一粒粒清透的珍珠悬着。那水浸过的蓬勃的绿，少女般妩媚，令这小屋总不乏春意与生机，我的心也随着荡啊荡的，醉在那绿意中了。

忽地，我看到阳光下，一个花苞样的小芽儿稳稳地躺在百合竹一支孤独的细枝上，棕青色的孤枝早已没有一片叶，从泥土中直直地伸展出，在顶端分成两个短小的叉，像母亲一双慈爱的手，捧着襁褓中的婴孩。哦，这初冬的小芽儿，真是惹人爱！你看它多么怡然自得地任由阳光包裹着、轻抚着，我久也不肯离去，痴痴地看这小生命昭示的喜悦与希望。

记得大约一个月前，我终于下决心把阳台上的花清理一下。由于很久没有关注过它们，已经长得惨不忍睹了，不少叶子枯黄了大半，轻轻一碰就掉下来，有的细弱弱地弓着身子，像是患了佝偻症。再看那盆曾经异常旺盛的百合竹，不知是哪里来的野草，竟红火火地攀附着它的枝杈长起来，一直长到木格吊顶上。花和草的枝叶纠缠在一起，真的是难解难分了。只是这棵花被草绞缠得全然没了生机，枝叶畸形而痛苦地扭曲着，像是乌贼伸出的捕食的触手。其实这情形已有一段时间，只是我越看越觉厌恶，后来甚至不愿往那个角落多看一眼了。

这株百合竹是同我一起来此安家的。乔迁新居之时，父亲从他的花上剪下一枝送与我。听闻它的雅号，心下就爱上了，百合与竹子都是我的最爱啊。起初那些日子，我每天到阳台看花、洒水、晒太阳，我和我的花都昂起一张灿烂的脸开启一日的生活。绿萝、虎皮兰、万年青和百合竹没过多久就蓬蓬勃勃地绿了一片，滋养着我的心情。

只是，我与花儿就像新婚燕尔的一对情侣，蜜月过后，我又被更多有趣或无趣的事纠缠住了，更因懒惰滋生出疏离，花儿少了顾怜，自然蔫头耷脑地没了生机，我想它们是快要死了吧。然而这几样无比平凡的花儿，生命力却是出乎意料的强大，只需我凭着侥幸心理给一些水，第二日便直起了腰杆。就这样，几年间不知经历了多少次起死回生，百合竹竟然快蹿到房顶那么高了。

而我终于还是想拔掉它，连一点去修剪的动力都没有，扭曲得太丑陋了，再生出新叶也是怪物。我本打算再买来新的什么花种上，又一想秋末实在不是种花的好时节，况且自己也绝无精力与耐心伺候名贵的花草，不如先留着它养养看吧，这才作罢。我找来一把大剪刀，仔细地先把野草一点一点剪下来，又把枯叶摘掉，剩下的就是歪歪扭扭的花枝了，虽不讨人喜欢，但大把大把地剪下，还真下不了手。需要修去的太多了，怕是养不活，不过不修剪一样活不了，权且试试好了。

当我大刀阔斧地修整完毕，呈现于眼前的，是几支或粗或细的硬木枝，和零零落落的些许叶子，显得那么突兀、那么凄凉。其中的一个细枝上，一片叶也没有了，像是随便插在泥土中的小木棍。我试着去拔，却没拔出，根已经深入在泥土里了。根还在，就留下吧，或许会有奇迹呢。

这次我不敢大意了。再顽强的生命也是生命啊，总少不得滋养，况且它本该生在山野沃土中，浸润在和风细雨里，与我一样承受大自然的恩泽，而命运之神几经辗转将它交于我手中，原本是要我来爱护它的，我岂能懈怠这生命的托付？若不能爱它岂配再拥有它？终于知道养花不只是一时兴起的乐趣，而是一种责任、一项修为，是愿意将一点时间花费在这样的闲情逸致上，读它、懂它、爱护它。

养花更是养心。在这简单的劳作中，我看到花儿一日日饱满，我的心收获了青翠的喜悦。我给花儿一个微笑，它回报我一整天的希望，它的起死回生让我相信顽强的生命中总不缺少奇迹。

花为悦己者盛，倾注多少爱就收获多少美。于是，在这样一个清早，在那幸存下来的孤枝上，我看到了奇迹般生出的，一个美得让人心疼的小芽儿。

海棠树下

不知人的前世是否会是一种花，撞到了它，就撞到了前世的自己，是久别重逢的喜悦，是回家的亲切，只一刹那，便认定这就是你的花了。

我命中的花，是一树粉海棠。

她惊艳在丛丛红桃白樱里，如星光闪耀的T台上款款走来了少时的邻家女孩，不高贵也不典雅，土土的、亲切的，透着水一样的清澈。在诸多的不平常里，这样的平常成了一道景致。

海棠之美在于她的平淡无奇。没有梅的仙骨、樱花的浪漫，挂满油油绿叶的枝丫似数不清的手臂向天空举着，花与蕾藏身于叶中，如同草绿的天空上缀满粉红色的星，闪出深浅不一的光来。

单是看那一朵花，在千娇百媚的芳香国里实在算不上出彩，叶子也是再寻常不过了，只是天知道这枝、叶、花聚在了一处，竟是如此和谐得销魂，所有的圣洁、雅致、高贵在这素朴的粉花绿叶前尽失了颜色。像是置身于繁华之外的旁观者，她只静静地抿了嘴看，却又不乏热情，正如她浓淡有度的粉，柔柔地亲切着，不张扬也不冷艳。在这样的温存里，怎舍得再把自己包裹起来，一颗拽紧的心被圆柔的花瓣松弛下来，就连微笑也不再是一种礼貌了，原来笑真是一种享受呢。

在这树影花枝里，我分明看到自己的灵魂中走出了另一个自己，是久未谋面的我，迷失了很久，那么陌生又那么亲切，不为名利奔忙，不为物欲所扰，开心了就笑，伤心了要哭，摇头或点头总会和着良心的拍节，如一块荒野上的顽石，露着初始的棱角，发散着土地的气息。

对着这一树粉海棠，如牵了记忆的手，记忆被时光罩上了昏黄的影，越发亲切得让人思念。

这样的粉、这样的绿，牵扯着我的思绪进到儿时的年画里，粉的荷花、绿的荷叶，还有抱着鲤鱼的白胖胖的小童甜甜地笑着，承载着过年的快乐和新一年的福气。这样的画早已被贴上土和俗的标签悄悄退出了我的生活，如今摩挲着记忆中的它丝毫不逊色于任何艺术品。人本是出于泥土的，土气才是最暖人的美丽。

又似乎看到倦了的我，躲在妈妈缝制的绿底粉花的棉被里，厚厚软软的，嗅得到棉布独有的味道，无所顾忌地伸个懒腰，抱着美梦沉沉睡去。

又仿佛，漫步于迷宫样的老旧胡同，两侧排满平常人家的宅子，没有气派的门楣，斑驳着暗淡红漆的木门半敞着，炉子里燃着蜂窝煤的气味一股脑跑出来，倏地就被风打散了，只留得铁皮壶中的水赌气地咕嘟咕嘟翻滚。鞋子在洒了水的青砖上敲击出单调的节奏，引得三两声狗吠唱和着，终成了曲调。

说不清为什么，这一树粉海棠竟勾起我如此杂乱的思绪，亲切得不能再亲切，熟悉得不能再熟悉，如泛着黄的老照片，丢失了许久又重新握在手中了。

众香国里，海棠貌不倾城、才不横溢，平平常常一树花而已，然而触动我心的，正是这洒脱自在的平常，因为没有背负盛名，她无须为任何意义、象征活着，安然做她自己。她是食人间烟火的，是柴米油盐的，是手可触及的，在她面前，你不高大也不渺小，也无须完美，是真实的自己。

海棠树下我方晓得，原来被我摒弃、被我轻视的那至纯至朴的即是我苦苦追寻的，终点又回到起点，它依然在这里等我。

无缘冰雪梅也香

梦中的梅花是与雪相伴的，是压枝的晶莹剔透中一点傲然绽放的红，不为风霜所动，“凌寒独自开”。更有从小便耳熟能详的“梅花香自苦寒来”谆谆教导着于愁闷中纠结着的我们。梅在我心里，圣洁若仙。

偶闻北京明城墙遗址公园栽种了上千株梅树，遂决意前往一睹梅仙子芳容，了却我这许多年来爱梅的心愿。

只是北京的梅花是与雪无缘的。梅花生性并不喜严寒，她爱温润的气候、明媚充足的阳光。比较温和的江南冰雪是她能承受的，你不能强求她在北国的隆冬中也“凌寒独自开”，梅花也不会为了捍卫人赋予她的“不畏严寒”的高贵品格而超越于自然法则绽放。

梅花盛放的日子已是三月中了，柳芽攀着柳枝在暖风里翻滚，绿意大把大把地侵占着草坪，迎春花更是黄灿灿地熏醉在春风里了。梅，不紧不慢，踏着自己的节奏次第盛开。

是不可捉摸的节奏。“忽然一夜清香发”，任凭是谁都无法预约她的绽放。千株梅树不会齐发，绽放与凋零每一日都同时上演着，想去就去好了，无须择日，带上好或不好的心情，沐着东风掬一捧梅香在怀，为心情做一个绝妙的梅香 SPA。

巍峨、沧桑的灰色残垣下，梅树显得有些疏落、娇小，远远望上去如墙脚下深一笔、浅一笔的粉彩涂鸦，与自小烙印在脑中的“铮铮铁骨”、“傲世而立”相去甚远，心中不觉生出一种莫名的失落来，这就是梅吗？

是梅。于午后暖阳下柔柔舒展着身姿的梅，干练而古典，如瘦削俊俏的舞剑女侠，又似甩着水袖翩翩舞蹈的女子，婀娜中焕发着遮掩不住的雅致，是舞动着的棋琴书画，是流淌着的诗词歌赋，仿佛能听到飘忽于风中的悠扬曲调和抑扬顿挫的诗句吟咏。绿萼、朱砂、玉蝶、宫粉和双色的洒金梅，或含苞待放，或轻舒花瓣，浓郁也好，清淡也好，各有各的韵味，却无一不是极致的清新优雅。

看到玉蝶梅，记起寿阳公主额上的梅印来。相传南朝宋武帝之女寿阳公主，一日仰卧于含章殿下，殿前的梅树被微风一吹，落下来一朵梅花，不偏不倚正好粘在公主的额上，拂之不去，三天之后，梅花被清洗了下来，但公主额上却留下了五个花瓣的印记。宫中女子见公主额上的梅花印非常美丽，都想效仿，于是就剪梅花贴于额头。不知扰了寿阳公主的那株梅树是不是玉蝶梅， 只是看着玉蝶简洁经典的五枚花瓣，便如眼见点了眉心的美人款款而至。

细枝朱砂大都酣睡在花苞里，任阳光怎么摇也不肯醒来，是在等待一阵恰到好处的春风吗？珍贵的绿萼与洒金梅如正值花季的少女，含蓄而青春地绽放着，疏影横斜、暗香浮动，浑身透着朝气，引得无数镜头聚焦在那里，争相将那曼妙身姿收了去。

若说梅花有十分风韵，那么梅蕊便占了七分，它是梅花的灵魂。如少女长长的、卷翘着的睫毛，灵动得摄人魂魄；又如伸展开来的千手观音丰润修长的手臂，是超越凡尘的楚楚动人，它把白玉般的花瓣映衬得有了生气，又为朱砂样的花瓣添得几分雅致。想起了后蜀才貌无双的花蕊夫人，梅花虽不是她的挚爱，只是依着这“花蕊”二字便可想她那倾国倾城的貌了。

梅花的香气不是扑鼻而至的，一阵风送入一阵香，是甜甜的蜂蜜味道，缥缈得若有似无、稍纵即逝，你正遍寻不见之时，不经意间它又悄悄然地袭来了。那样沁人心脾的清香是不能忘掉的，及至归家翻看拍摄的帧帧梅影，鼻息里依然有它的味道飘溢，不知何时竟染了一身拂不掉的清香久久散之不去。

绿毡样的草坪上，一树盛放的朱砂梅与近旁老柳低垂的青绿枝条叠在了一处，梅红柳绿，与背后不远处斑驳的古老城墙相互映衬着，在蓝天下、在和风中招展着盎然的春意。我不由得想，京城里的梅花呵，你整日沐在这暖风中，不与寒冷抗争，你的坚韧不拔、你的不屈不挠在哪里呢？你娇艳、妩媚，你与绿柳共舞却不与冰雪为伴，你的高洁在何处呢？我心里切切地爱你，想赋予你高贵的品格，你的品格又是什么呢？我苦苦思索而不得其解。

我只问这梅花，梅花无语，兀自妩媚着醉在柔软的阳光里，它不理会我的疑问，也不在意游人的品评。原来梅花就只是梅花，它不是为傲雪而生，也不是为赞誉而绽，更不是为人所赋予她的意义而存在，她只是顺应自然地走着自己的生命历程，落入冰雪不为严寒所屈，生于繁华亦不为世俗所动，冷暖都不能摧毁她的风骨与高雅。你爱与不爱她都是一样的姿态、一样的芳香，她不刻意取悦谁，也没有刻意的美、刻意的香，只是不为外界所扰、不为世俗所动地用自己的热情绽放着生命、享受着生命。

原来梅花的品格，就是认认真真地做一回梅花。

玉兰正浓

三月的尾稍，玉兰花正浓呢。

或许是北方女子见识的花少吧，总觉得这么大朵的花是该生于地上的方显安稳。记得初次见到硕大的花朵挤挤挨挨地缀了一树时，我诧异于这肆无忌惮的美了，竟是如此娇艳得张扬、自信得坦荡，不屑于掩饰她的优雅与娇媚，落落大方得俨然驻足城堡远眺的公主。自此玉兰花便成了我初春一个喜悦的盼望。

香是浓浓的、腻腻的甜，那样的浓郁绑架了人的鼻息，逃也逃不掉，侵入你的骨髓，你的血液，最终把你的心结结实实地缭绕成一个梦境。明明知道那是个短暂的温柔乡，却沉沉地不愿醒来，如跌入一个妙不可思的魔咒，情愿困在那种缥缈里。

色也浓。最爱是那朱砂般的红，如她浓郁到极致的香，色彩也是极致的烈艳，仿佛唯有如此才是般配的。是对春天的表白，她娇艳得毫无保留。爱就爱得淋漓尽致吧，何必害怕受伤呢？谁又能说没有结局的爱定不是一种收获？至少在春来的日子，她热烈地惊艳了一回，没有辜负生命中注定的邂逅。

白也是透彻的白，不染一星杂质，如容不得半点杂念的心，干净而决绝。是有太多的心事吗？浓浓地郁结在一处，如凝脂，却不小心被风溅溢了一春，泄露在春光里。索性也不遮掩了，任心事在暖阳下招摇吧，任春风一一拣阅好了，这浓浓的心思可有读懂呢？

起初，花的心是羞涩而不安的，层层包裹。怎奈春的魅力就那么轻易直抵花心了，些许的犹疑后，玉兰还是一枚枚打开高贵得近乎圣洁的花瓣，向春天敞开了心扉，没有一点隐藏。只需稍稍地亲近，便可细数她心中一桩桩瑰丽的梦；只要春风一个轻吻，一个就好，她便乖乖束手就擒了，松懈了所有的高贵与矜持，火一样燃在春天里，万物都成了虚无，唯有爱，无所顾忌、忘乎所以的爱。

春醉了、花醉了，他们拥吻着遗忘了时光，遗忘了世界，整个宇宙只剩下他们自己。不知有多久，是刹那还是一个世纪，凋零已悄然而至了，春不再豪迈，花日渐暗淡，依然旺盛的是炽烈的爱。即使凋零又怎样呢？只要爱过了，生命中只要有一场这样的爱足矣。

春未尽的时候，花已憔悴了，如一枚枚羽毛飘呀飘的，让春风捧着轻轻栖身于泥土。美呵，但不凄凉，生命本是出于泥土而归于泥土的，更何况她的一生并未虚度呢，更何况她是在春的怀中进入下一个轮回呢？零落成泥碾作尘之前，香，已先行飘逝了，春给她最后一吻，那一刻，她是微笑的。

玉兰另有一个别致的名字——望春花，是与春天的守望吗？

樱花的心愿

独坐樱花下，看一树树清淡的粉、素净的白交错着叠在一起，层层如云遮起这一方天空，奇清的香气时不时来扰了我的白日梦，倒也不觉气恼。我思量在这样的树下，最该是裹着一袭优雅旗袍的，那会是多么唯美的画面。一阵风游荡过来，细碎的花瓣如缤纷的雪花翩跹飞落，优雅且悠然，与风纠缠出极细微的沙沙声，像是女子的窃窃私语，或者，是娓娓道来的一段心事呢？我似乎看到了隐于淡粉云团中一张清秀的面庞，是樱花仙子吗？

是从远古跋涉而来的女子，带着喜马拉雅山麓的神秘，定是天神的女儿吧？看她洁净得不染一丝凡尘俗艳，浑身弥散着雪的清朗、山的淳朴、云的飘逸，携着上天的殷殷祝福降临凡间。

她跋山涉水，且歌且行，一路播撒清香与喜悦的种子，从喜马拉雅行过毗邻的云南，又流连于“青山隐隐水迢迢”的江南江北。她爱走过的每一处地方和那里的居民，每一处的景致和风土人情都令她欣喜不已，她盈盈地舞呀舞出一树树灿灿的花朵，像是扯来天上的云霞用祥瑞庇护着行过的人，人们舒展出动情的笑，她也笑了，轻颤腰肢摇落满处玉屑样的花瓣，与人们游戏在醉人的春光里，不再思念天上的家了。

她要走得更远。很久很久，不知行过了多少个年月，走过富庶、走过贫瘠、走过盛世、也历经了战乱与流离，美好与苦难如昼夜般交替，但是有什么能阻止她的步子呢？她依然在行走，快乐地，带着爱和美好的盼望。

她落脚在秦皇的宫廷，惹得后妃宫娥凝思娇笑；又停歇在盛唐的院落，任文人雅士将点点芳踪邀入辞章诗句。她云游了数不清的灵山秀水、穿行于市井乡村，所到之处无不花缀满枝、芬芳流溢。

是一千多年前的哪一日呢？是怎样的一个际遇呢？记不得了，她只知道随着一只船在总也见不到尽头的幽蓝海水中颠簸了很久很久，然后，她踏上了一片土地，人们说这里叫作日本，是大和民族的栖息地。陌生的土地却不乏她所熟识的中华文化，那面孔、服饰、建筑和文字里总有一种亲切的味道，是故乡的味道呵，她爱上了这里。她踏遍山野，轻扬纤指播下一粒粒种子，成就一树树柔婉。你看那遮蔽天日云霞一样的花呵，匆匆地来，又匆匆地去，只短短数日的绽放便魂销香断了，来得绚烂，去得果断，落入泥尘而不为污垢所染，她触动人灵魂深处的秉性了，人们爱她，正如爱着自己。先是皇家，后是臣子、草民，无一不喜爱这凝聚了他们精神精髓的樱花。花开的日子，是盛大的节日，无论王公平民总要在樱树下执壶小酌欢聚，享受春天与生命的美好。她在这片土地上繁茂起来，由南而北铺满了东瀛四岛，就这么，年复一年，日本成了樱花的国度，樱花成了日本的樱花，“谁能不心喜呢？”她快乐地问自己。

只是这样的一天是她想不到的，樱花树下的男人们拿起了武器，他们要去奔赴一场战争，和她的故国。那是她的故土，那里还有她曾播下的种子，她看到两处她最亲爱的人们大动干戈、流血死亡，然后，是一场又一场的战争，一次又一次的杀戮，更多她所爱的人们离开了这个世界，仇恨的阴云弥漫了她的两个家乡。

喊杀声静止的时候，双方已是白骨累累、体衰气虚了，伤害人的，自己难免死于刀下，罪与罚从来都是孪生兄弟。硝烟散尽，细数白骨，擦拭伤口，堆积出更深的仇恨来。恨呐！国恨家仇岂能不报？耻辱岂能不雪？摩拳擦掌声中似乎听到了厮杀声在未来召唤着，子弹已在枪膛了。

心撕裂般痛，她唱起了凄婉的歌，忧伤的泪水化作花瓣滴落樱花树下。是谁拾到了那一枚忧伤呢？又是谁落下了自己的泪水？此岸、彼岸，愤愤声中隐隐响着微弱的叹息；“难道我们不是一衣带水的亲邻吗？我们本该情同手足，却为何要大动干戈呢？贪婪与凶残让我们的亲人死于刀抢之下，难道我们不该在樱花下享受平安和睦吗？”争战与仇恨的阴云中，这弱弱的声音恰似穿云而过的光，是爱与和平之光。她要做这光的使者，将和平在怒目而视的人们中传递。

带着不安与期盼，带着良善人的和平心愿，冲出拦阻胜过了风浪，她终于踏上了故土。如今的她是日本的国花却依然是中国的孩子，流动着中华的血液焕发着日本的气质。她多想用那温情的花枝牵住两个祖国的手呵，如架在海上的彩虹传递出友爱。樱花啊，她知道这爱的花朵抹不掉刀痕止不住痛楚，也遮不住罪恶，她只是希望能用自己的美好从仇恨与隔阂中滋生出友好的芬芳来，哪怕只有一点点。她知道一定有人懂得她的心思，且怀着同样的心愿，尽管那么少却异常坚强。

这许多年，在两个民族依然不间断的推搡中，这承载着友谊的樱花树飘香在越来越多的城市，在刺痛的争执中撒播着爱的召唤，虽是那么的微不足道，但花毕竟是开了，也定会越开越浓。

樱花她做了一个甜甜的梦，樱树下两个家乡的人们在一起牵起了手，一直向前走啊走啊，走出了梦境来。

荷花丛林

是荷飘香的日子了，城中小湖，莲叶虽不曾接着天，却也莹莹地碧了大半，或者说，这一大半湖都荡着翡翠波浪了。“莲花复莲花，花叶何稠叠。”含苞的蓓蕾、舒展的花朵，如数不尽的粉红小舟散落于潋潋碧波，牵住风的衣角漫不经心地摇曳，一副与世无争的淡雅悠闲，不问方向，不问时辰，任自己放逐在仲夏里，不管不顾地兀自柔婉温情着。

荷花生得正旺呢，香远益清，若能款款步入其中，定是能遮却美人腰的。然而这里是蜻蜓与蝴蝶的伊甸园，人只得做艳羡的远观者。蜻蜓忽而轻触水面，忽而轻盈盘旋，一本正经地巡视它们的园子，乏了，便在翻卷的荷叶边、突兀的叶柄花梗上小憩片刻，动也不动，凝神静思，全然不知拥有着怎样极致的享受。

一对珠颈斑鸠在湖畔卵石上张望，也是恋着荷花的清逸吗？我蹲下身来看这对漂亮的鸟，不想惊到了它们，扑棱着翅膀飞远了。

懊恼片刻，倏然向湖中瞥去，一副不曾见过的景致飘然入目而至。

我看到，田田荷叶如望不到头的碧云氤氲，遮蔽了天日，浓云下岂不是一片丛林么？好一处荷花丛林，非是放下身段不能见到的。数不尽的青绿茎子挤挤挨挨地矗立于水面，如纤巧高挑的窈窕淑女，优雅地托举着缀了花边的荷叶。不，那不是花边，是波浪，镶了波浪的翠玉碟子，满满当当收获了夏日的暖风与艳阳。阳光与苍翠糅合到一处，叶剔透而灵动，脉络纹路清晰有序，由叶心辐射而出，于接近边缘之处分出明显的两杈来，如蜗牛探出的触角。风在玉碟中不安分地翻滚，阳光止不住地洒溢，跌落湖中，把叶影花踪连同色彩也捎带了去，水面影影绰绰，仿佛另有一片荷林沉在湖中了。

林子里的“树”一门心思地向上伸展，不见虬枝杂柯，细而不弱，如杉树一样直挺，如修竹一般葱翠，高低错落，直将层层葱郁的云朵托起，撑出一片幽谧盎然的丛林王国。中间亦杂着轻柔垂下的叶柄，不离不弃地携一片枯叶优雅地弯在水面，是它提前绽放了生命？还是生命过早枯竭？命运无常，而生命的终点又是那么笃定。叶与柄究竟是谁为谁殉了情，不得而知，这一对痴情人，余下哪个也决然不肯独自苟且于世的，不免令人唏嘘。

“小荷才露尖尖角”，那一角初生的蓓蕾真的是小，杏儿一般的个头，端坐于花梗之上，好似一枝饱蘸了粉彩的毛笔。刚刚钻出水面的嫩叶尚未展开，如一幅卷轴由两端滚卷至正中，斜倚着布满灰白小刺的叶柄，静待懂得它心思的那一阵风来翻阅尚未完成的画卷。

另有一处小池，荷林之下生着望不尽的凄凄草甸，覆满了整个湖面，几乎望不到水。原来那是荇菜，举着它海星似的小黄花装点着这片丛林。林木茂密，幽深而沉寂，弥散着蛊惑人的绿色神秘气息，我想，如果我足够小，即便能钻进这林子中玩儿个尽兴，想要从中寻出一条折回的路来怕是不易的。

离湖岸约莫五米远处，丛林中一个黑影忽隐忽现，是一只浑身绒毛的小野鸭自如地在林中戏耍，一会拨开巴掌大的荇菜叶缓缓前行，忽地又一头扎进水里捕食小鱼了，一脸的稚气，却毫不担心迷失了回家的路，逍遥自在，仿佛漫步在自家花园，也许这果真是野鸭的花园呢。

眼见着小鸭一闪身消隐于幽谧的林中，之后的快乐不得与之分享。人在湖畔，心却随小鸭悠游于荷林深处了，远离喧嚣与纷杂，无边际的青绿浸透灵魂，涤荡蒙尘；在无边际的寂静里，细数自然脉搏的跳动，听微澜轻唱，柔风低吟，听阳光滴落湖水的一声娇喘，听自己向心灵深处呼唤的回音。这是一番弥散着荷香的洗礼，是上天予我白白的恩赐。

这片荷花丛林，想来年年此时皆是如此迷人，是独为野鸭、蜻蜓、斑鸠，以及蹒跚学步的孩子拥有的。我们渐渐长大，渐渐遗失了这片林子，更多的浮华让我们越望越远，越望越高，乱花渐迷人眼，更迷了人心，谁还记得、还在意这荣美之下一丛寂然的绿？而脚边的荷花丛林，却依然在此静候，静候我们愿意俯下身的那刻，用孩子般寻求的眼睛，用童真洁净的心寻到这独好的风景。

那一片竹林

铅云蔽日，凉风习习，初夏里难得的清爽天气，趁着雷雨未至，赴紫竹院公园小游一程，只为看那满园子的竹林。

对于竹子的偏爱，竟是源自少女时所读的《红楼梦》，林黛玉因喜爱那几竿竹子而选了潇湘馆住，便觉竹子雅致脱俗，小女生的心为之而动，虽因生长于北方未有缘目睹过，心中却悄悄爱上了。及至又多读了几本书，知道了岁寒三友的松、竹、梅，四君子的梅、竹、兰、菊，极尽风骨的竹林七贤，喜画瘦竹的怪才郑板桥……竹子在我心中平添了洒脱淡然、桀骜不羁的翩翩君子风范，于是更加跟着附庸风雅地喜爱着。

那时，家还在郊区，在县城唯一的小公园里不曾发现过竹子的踪迹，竹子于我，除了电视里和画中的，就是竹椅、竹席和笔筒了，硬硬的，亮亮的，土黄色。只是这哪里能替代生命鲜活的翠竹呢？越是不得见越是牵挂，不能像林黛玉一样在翠竹旁凝眸遐思着实是少女时代的一大憾事。

后来家搬到了市里，京城中的公园、园林遍布，零零星星地见了些竹子，十几竿一丛，或是几十竿一片，与满园子高大阴密的树木和灼艳的花错落着，纤细而矮小的竹丛并不显出色，新鲜感过后便再无其他了，不觉有些失望，想来不如不见，就把它留在那份诗意的想象里岂不更好。或许南方的竹子到了北方也就如此吧，如南橘北枳。自此竹子就只是竹子了，如同柳树就是柳树，不再惦念。

晓得有个紫竹院公园，便想去逛逛，倒也不是专为看竹子，一时兴起而已。只是当迈入公园的门，我便被举目皆是的竹林震撼了，那样的气势再次颠覆了我对竹子的认知，原来竹子定是要成林地生在一起才好。从此，紫竹院便成了我每年必去之所在。

置身于绿意葱茏的竹林，漫步逶迤曲折的林中小径，那些盘踞我情思许久的竹之高洁、虚心、气节、才华等等诸多的溢美之词竟叫这绿冲散了。那曼妙的身姿，是采集了青草、树叶，添得些白云，又点染了阳光调和的色彩么？我把色谱翻了又翻却找不出一个恰当的词安于其上，想来只有神之笔方可调配出如此怡人的绿，那个适宜的词汇是神不肯透露的，我只姑且将之称为“翠“吧。这翠色在空气中氤氲，在微风中缥缈，仿佛把风儿和空气也晕染了，人在其中，如潜身于碧透清冽的湖，就连呼吸也是看得见的翠呀。我腾空了我的思绪，让这青翠进驻，我的每一处肌肤、毛孔、血脉，每一缕青丝都浸润在恬淡的翠色中，与这疏密有致的竹林融化在一处，灵魂飘逸在叶尖茎梢。

风拂过，竹林窸窸窣窣。与杨林海浪般的壮阔音调不同，竹子枝叶舞蹈的曲子是干脆清亮的，略显急切，然又不失温婉，如风铃叮咚，又如盛装的古时女子钗环叮当，正合着竹子的俊秀。捡一处长椅落座凝神静听，大自然以清风为指尖弹拨着叶的琴弦，如纯净的溪流轻淌于心田，与灵魂碰撞出恬淡素朴的乐声。如此方信世上确有天籁之音，只是这样“只应天上有”的曲子却是遍布人间的，上天并不吝啬，人间时常可闻，只要你用心。

竹叶婆娑，远望如曼舞的碧纱，新生的竹叶卷卷的，细长如针锥。舒展开来，酷似一柄短剑，叶子的一侧光滑柔顺，另一侧则布满细密锯齿，以手抚弄，一不留神就会割破。叶片极薄如纸，新嫩的叶子摸上去也是干干的，仿佛已失尽了水分，与枯叶手感无异，真搞不懂熊猫为何将之视作美味珍馐。

正值北京的雨季，近来几乎日日疾风骤雨，楼下的大柳树耐不住风雨狠命地摇曳，折下巨大的一枝树杈来，横在草坪上唉哼。不知这样细瘦高挑的竹子在风雨中是怎样一个情形，只见雨后的它们如今仍是亭亭玉立，或是弯出一个优美的弧度，却并不见有倒下的残枝，仿佛什么都没发生过，倒是更显清透了。又见林中小径两旁，竹子商量好似的向路中弯倾，顶部优雅柔美地合拢在一处，如迤逦的绿色拱顶隧道，薄薄抵挡住天际，若是天气晴好，会有阳光从缝隙中溜进来，映得小径叶影斑驳，明快而不燥热。

我很好奇看似纤弱的竹子何以能够弯而不折，埋头搜索查找一番方知其究竟。竹子的长细比大，因此它的挠度（即弯曲程度）就大，所以我们看到竹子在自然状态下可以有很大的弯曲。弯而不折，其原因之一就是竹茎的中空了，中心虚空的竹茎质地相对较轻，截面呈环形，具有较强的抗弯刚度，构成纤维的细胞壁纹理成纵向，具有较高的抗压强度和抗拉强度，韧性极强。再者就是竹节的贡献了，竹节可以协调变形，共同参与抗弯作用，增强了中空细长的竹竿的刚度和稳定性，防止竹竿弯曲失稳。

原来，竹于风雨中的生存之道在于韧而非在于硬，而韧的成因则是若谷的虚怀，它不与天斗，而是适度弯腰，然并不失气节，硬实的竹节给予它坚定的支持而不至倒伏于地。难怪自古以来诸多先贤名士对竹如此偏爱，所有的溢美之词句并非牵强附会，确是道出了竹子的本性，而这样的本性又如何叫人不爱呢？看来要爱得深切，当了解得透彻，竹之美，在于形色之雅，心之灵慧，亦在于魂之高洁。

盆景，不见也罢

小时候，家住京郊，要看盆景得进城。那时进城可不是说走就能走的事儿，通常要熬到过年或过节，郑重其事地换身新衣裳，起个大早，坐上大院儿里的班车风尘仆仆地往城里赶。恍惚记得是中山公园里吧，有盆景展，屁颠儿屁颠儿跟在大人后头踮着脚看，觉着那一盆盆造型独特的植物，像挂历上的画儿一样漂亮，又像连环画里的古代美人儿，有种现在也说不大准的气韵。

后来家搬进了城，逛公园不再像一场朝圣，盆景见得多了，却也不大喜欢了。倒不是因为看多了腻烦，兴许是随着年龄的增长，审美也在改变，总觉得看着盆景中植株那有些夸张的扭曲造型，心底里别扭着，并因之而生出一种淡淡的伤感来。

盆景是源自中国的古老艺术，向来被称为立体的画，无声的诗。公园里但凡有植物盆景展出，从不担心冷场，每每会引得诸多人驻足品评、拍照。

植物盆景的制作是需要一番功夫的。选盆、用土都有一定讲究，还要选好适于制作盆景的植株栽种，有些树桩的选材往往要到荒郊山野才能找到。最重要的是后面的整姿与养护。想要植株按着人希望的艺术造型生长，就要用凿子和雕刻刀对树干进行雕琢以使其弯曲。枝的屈曲则用各种粗细不同的金属丝缠绕在枝条上得以实现。之后，还要经过数载的浇水、施肥、修剪、防虫害和翻盆、换土，许多技艺高超的盆景作品往往需数年、数十年才能成型，成为我们观赏到的艺术佳品。匠人们如同精心呵护孩子的父母，无微不至、呕心沥血，倾注着满心的爱，着实令人敬佩。

然而这样的美却在搅痛我的心了。想着那些扭曲着枝干的植物，我试着让自己的身体也拧巴着待上一小会儿，真是痛苦不堪。我直起身来方得解脱，它们却永远不能回归本来该有的样子了。这些鲜活的生命，本是生于树林里、荒原上、河岸边，或是壮硕大树的一个枝丫，大自然赋予了它们最适宜的生长环境，它们本当与其他花木一样，依着天性在鸟鸣虫吟、风雨历练中成长为繁茂的树、旺盛的花，过着再平常不过却愉悦无比的日子，却不想遇上了匠人。匠人两眼放光之时，便是它们厄运开端之日，它们被以爱的名义带离了家园。匠人说："幸运儿，我将给你莫大的荣耀！"人不满于它们透着野气的粗鄙，要将其改头换面。于是它们的肢体被刻刀割伤、被金属丝强行扭曲，在人的精心呵护下痛苦地成长为人所喜爱的样子。它们无奈地栖身于精致的几架和陶盆，向往着那本应属于它们的土地和生活。挺拔的身姿和繁茂的枝叶只能是一场瑰美的梦；山野、小河是永远回不去的家。镁光灯下，它们展示着自己畸形而痛楚的身躯（可那是人们所喜爱的样子），如同伸展着被裹压得走了形的三寸金莲，在人们的啧啧赞许中，可有谁听到它们的悲戚与哀怨？

匠人们可谓含辛茹苦，正如父母望子成龙，倾注了大量的情感与精力，不可谓不爱。凭心而讲，他们所有的付出并不只是为自己赚得艳羡的目光和不绝口的赞赏，也更希望盆景本身拥有荣耀。养育者与看客，用自己的感官好恶决定另外一种生命的存在方式，不顾其天性与资质，强行把它们置于自己理想的模型里，要其成长为他们所希望的样子，而不曾思考，荣耀与名利于盆中的花木有何意义呢？花木们只想在大自然的泥土中伸直腰身畅快呼吸。

因此上，如今每逢与植物盆景面对面，我总有一种被强压下去的冲动，好想将它们从这样的状态中解救出来，但我知道我面对的是一种被认可已久的美学文化，难有作为。唯一能做的就是眼不见为净，怜而远之，把自己放逐于山野林中，听听花草树木的欢笑吟唱，为那张扬着野性与天性的生命尽情讴歌。我还可以把对于生命与自然的挚爱集结成一页粗陋的文字，期待与有缘读到的朋友能有心灵的通融——尊重大自然给予每样生命的天性，用心去爱。

盼

春天定是被人眼巴巴盼来的。

过了农历正月十五，人们还难以从“年”的热闹中缓过神儿来，铁了心不肯继续那忍耐一冬的寂寥了。三月啊，当是春来的日子，春天才晃出个影子，心早已不安分了。

日头眼见着高了许多，不远处的楼宇已奈何它不得，大把阳光亮晃晃地泼进窗来，痛痛快快增收了一个时辰的亮堂，这送上门来的福利令我欣喜不已。抱一本书在阳台，目光只追逐在光与影的曼妙创意中，看它们如何演绎这天地造化的变幻。直到那金子般的光越发浓郁，举目西眺，但见夕阳在天边燃出一团火，火光热烈倾情，撩拨得人恨不能追了去，其实魂儿已早早被勾去了。那天际的彤红呐，我候了你一整个冬，你是这一日终结的前奏，更是春天掀起一角的序幕。

谁还情愿闷在屋子里？

是园中的花儿悄悄绽开了吗？柳树还不见吐芽，怎的突然间姹紫嫣红了一地？哦，原来是花花绿绿的爷爷奶奶们领着花花绿绿的孩子在暖阳下戏耍，他们才是春天的使者，那各样的花儿啊定是急着要比试一番，正按捺不住地向外努呢。

草坪还是灿灿的枯黄，园丁已在喷水了。长长的胶皮管如一尾黑漆漆的蛇，清灵的水从蛇身不同部位向天而出，又细碎碎地落入草丛，水珠在阳光下闪啊闪的，多么诱人，那地下的小草怎能不动心呢？到底是与自然打交道的人更懂得自然，园丁比我更确信春天正悄悄靠近。

我急切地在黄杨树篱枯败的枝叶丛中扒寻稚嫩的新生命，却无所斩获，用手指轻捏一片老叶，分明有新鲜的汁液流淌其中了。再看那柳树，远远望着透出蒙蒙的青色，可趋近端详，不见有丁点儿柳芽冒头儿，是我眼误，还是盼得太急？不，那是春天羞涩的晕，如天上往来的云，你无法采下一羽作见证，但它就是在那里了。

流浪的猫啊狗啊，终于熬出了头，一脸的凄茫荡然无存，呆滞的目光中添了灵气，皮毛也看着比往日洁净，一副神气活现的派头，撒欢儿的日子就要来了。

风沙依旧恼人，却释放着春日独有的湿暖。同是那颗太阳，就看着温润了许多；同是雀儿啁啾，就听着添了生气；连见着的相识或不相识的人，都似乎比往日和善。

只要天儿稍微给个好脸，臃肿的棉衣准被扔进洗衣机里，春天真好，可以不再像一头笨重的熊。迫不及待地翻箱倒柜为自己搭配出一身可心的春装，花儿还没影儿呢，心已经五彩斑斓了。这时节的天气最是捉弄人，美不了一两日就被打回冬天，心中好不懊恼，十万个不情愿地把洗净叠齐整的棉服依旧罩在身上，只是已扎根在心内的春意，是断然不肯放它回去的。

于是不管天气多么反复无常，总是会对人念叨："到时候了，这气温下不去了。"不管风多么强劲，仍固执地讲："说话就开春了，冷也冷不到哪儿去。"活脱脱一副为自家孩子护短的劲儿。

风沙啊，你怎桎梏得了我一颗雀跃的心？春天的种子已从心里生了根儿，用盼望灌溉着，花儿开在心里，又结在脸上，切切地寻着春天的身影。忽然有一天，柳枝冒出一掬娇嫩嫩的翠芽儿，如初生婴儿碰不得的肌肤般，啊，捉到了，那是逃不掉的春来的确据。我想握在手中，又焉能做到呢？漏了行踪的春天索性恣意地游荡，这树，那树；这山，那山；湖泊，河湾……甚至你想不到的每一个角落都留下它的踪迹。

是怎么一回事？盼啊盼啊，似乎只是弹指间，我们竟落入春的网罗了。

春，醒了

自冬天的第一瓣雪飘落，春，已在我心里了。

那样的盼望，如燃于心的一炉火，暖了整整一冬，直到有一天，那炉火悄然而出，熏暖了拂面的风，我知道，春舒展着腰肢，已睡眼惺忪了。

奢侈地想寻到春与大地的第一个吻痕，乍暖还寒的风推着我四处找寻，不经意间它们已经耳磨厮鬓了。它们的缠绵是始于何时呢？定是一个满天星星都睡去的夜，若不是那样爱得炽烈，怎会在日头窘红的清早，大地竟如此多情地温柔，融了冰，松了土，万物复苏，蠢蠢欲动着。

春醒了，刻意低调地喜悦着，蹑手蹑脚，却忍俊不禁溅溢出星星点点柔情.正如玩捉迷藏的幼童，等不及别人去寻，就自己弄出些许响动来，你只从她窃窃地笑和遮掩不住的衣角便知其所在了。那些藏身于枯叶残梗下的小芽，再也按捺不住对外面世界的期盼，探出好奇的、青嫩的头来四下张望；春风瘙痒了花枝，花枝颤巍巍地笑，失却往日的矜持，散乱了襁褓中的蓓蕾，春的天机被这伸展出的一枚花瓣泄露了。

春半遮羞涩的面，偷窥着大地。无须撩开那层薄纱，湿润的气息早已无所不在地弥散在每一个角落了，携着林子里淡淡的草木香，清爽酣畅地打动着风收刀入鞘，和颜悦色地与复苏的生命热络着，抚在面颊上也是滑润润的轻柔，若情人的指尖。新嫩的叶啊芽啊，如饱饱地蘸满了水，娇滴滴的婴孩般，让人不忍碰触。

裹在这样的温润里，心情莫名其妙地好，仿佛世间一切都瞬时如了自己的意。蜷缩了一冬的万物都在甘露般的浸润中舒展开了，如梵·高笔下充满张力的笔触，树木舒展了枝条，草舒展了叶，花舒展了芽，一切都是不甘被束缚的样子。人们舒展开干燥紧皱的肌肤、锈住的面颊，绽放出花儿一样的灿烂来，灰灰的心情里更是舒展出一个绿油油的希望。

没有姹紫嫣红，初春的霓裳是低调的奢华。白杨、国槐依旧深沉地灰着脸，掩饰着内心里萌动的生机，湖岸的垂柳淡淡地披挂了一袭极薄的黄绿的纱，随着青褐色的枝条荡啊荡的，把近岸的湖水染得浓郁的碧。三三两两叫不上名字的树，仿佛是一夜间缀满了嫩粉的小花，是少女那种有着珍珠光泽的淡淡的粉，云朵般散落在丛丛垂柳的黄绿间，让风牵拽着摇曳，烟一样缥缈。早有性急的迎春顶破丹红的花蕾，娇艳艳地舒展开亮黄的花瓣，一簇簇如火般热烈，像要燃尽残存的颓败，它是这一袭淡彩衣裙中靓丽的一笔点缀。

初春的味道如绿茶，淡淡地、清幽地芬芳着，似有若无地缥缈着，需细细品方可知它的妙处。最爱刚刚喷洒了水的草坪，轻嗅那和着柔软阳光的水、泥土与才露头的青草糅合在一处的味道，那是久违了的天地精华凝结的气息；呆看颓败与生机斑驳在一起的草叶上水珠闪亮亮地流滚，总能想到难得一见的乡间田野。这一刻是鼻息与眼目销魂的享受。

初醒的春哼着温婉的曲，是泉水汩汩、溪流淙淙如叮咚的风铃，是鹊鸟啁啾似欢愉清亮的竹笛，风轻送音符萦绕于耳、流动于心，我心中也漾起暖暖的波，泛着喜悦的涟漪了，隐于心底的希望破土而出、抽枝发芽，只等一场知时节的好雨来，浇灌出满树芬芳的春花。

雷雨匆匆

午后便起了风，隐隐见着空气中弥漫出沙土的暗黄，天沉沉地压下来，如铅色的盖子，傍晚必有一场雨了。说来今春已下了两场令人懊恼的雨（如果那也可以算作雨的话），只是觉得鼻尖上凉了一凉，一杯茶的工夫吧，太阳竟亮亮地晃出来了，真是何等地扫兴。

四点钟，天更阴沉了些，风也吹得更卖力气，树齐整地歪着头，海浪一样波动，也如海浪一样哗哗作响。云密密地郁结着，大滴的雨点似乎随时都会滚落下来，行路人动了归家的心思，脚步也见加紧了。只是太阳还会不时探一探头，让人对雨的期盼有了几分担忧。都已嗅到夏天的味道了， 还不见一场像样儿的春雨，让人盼得好辛苦。少了春雨的滋润，干涸的何止是人的才思呢，更有溪流、树木、野草、庄稼切切祈望着，哪一样生命不需要它来充盈?

雨到底是真的要来了。五点半钟，风夹着沙尘闯进窗来，带着潮湿的气息，摇晃窗子、掀翻书页，我不得不忙不迭地关闭各个房间的窗，把这坏脾气的探路者拒之户外。约莫又过了十分钟吧，隐约听得几声粗闷的轰鸣，是在打雷吗？趴在窗前细细听，果然是雷，这春日的第一场雷轰轰烈烈地闯来了。那声响越来越近，越来越紧密，不一会儿就在接近头顶的上方炸裂般轰响，似乎晃动了楼，心也跟着震颤。不知是何原因，闪电并不明显，只是感觉斜对着的天空里云层闪亮了几下。

电闪雷鸣理所当然是要携着一场痛快的雨的。这才是真正的春雨！来得急切又声势浩大，算不上滂沱，只是细密得很，瞬间柏油路就变成了深铅色，如刚刚铺就的。裸露的土地不再轻浮，和雨水融洽在一处，土黄浸润成深褐，成为名副其实的“泥土”，那才是土地该有的颜色，是孕育生命的色彩，仿佛随时会有幼芽儿从里面钻出来。远处小花园里，最为兴奋的怕就是那些花花草草了，盼望已久的雨水清洗着枝叶，浇灌着根基，本就清新的春绿沐在雨中，越发楚楚动人，更何况明晨不知有几多新叶生出呢。被雨水冲刷了的屋宇，红瓦更红，白墙更白，轮廓线条似乎更加清晰明朗了。

风把雨点斜斜地扔到玻璃窗上，瞬间粉碎，泪水一样下滑，汇聚在窗子下端的框上，与积在那里的尘土混成难看的泥斑。我拉开半扇窗，让雨点和雨水的气味打在脸上，明知这掺了尘的雨并不洁净，顾不得了，贪心这雨水湿润的气息，等了一冬呢！

雨的节奏是兴奋而紧凑的，哔哔噗噗，如密集的鼓点，敲击出文人的诗情画意，敲击出花草树木的生机，更是敲击出农人对收获的希望。在万物复苏的春天里，再没有比这更动人的乐曲了。

只顾着看雨中的景致，一抬头发现天空中不知何时已有了亮色，似乎可以感觉到隔了厚厚云层的日头，想在落山前再望一眼这片土地，这本是它的地盘，最后一刻无端被云遮了，多少有些不情愿。

雷声也渐渐小起来，似乎是又向南面进发了，边走边低沉地吼，像一只弓起背的猫喉咙里的咕噜声，彰显着自己的威武。

听不到雨滴落的声响了，把手伸向窗外，没有任何动静，雨真的走了，只做短短二十分钟停留，来得迅猛，走得也决绝。楼下的流浪狗们又撒开了欢儿，此起彼伏地吠个不停，看这神气劲儿，刚才雷响亮的时候咱们的威风哪去了？鸟雀们开始试着唱曲了，没有平时那么欢实，怕还是心有余悸吧。

天依旧是灰着的，经历一番洗礼，飞舞的污尘被驱逐了，就连这些日子折磨人的柳絮也没了踪影，清透的空气拓展了人的视野，城市被放大、被拉近。湿漉漉的地上也恢复了往日的繁忙，人来车往，一切如常，只是这万物中多了一分喜气，添得些许生机。这是一个崭新的世界。

莲花池冬影

莲花池，单只听这名字，便可想到“古柳垂堤风淡淡，新荷漫沼叶田田”的诗句来，确也如此，坐落于北京城西南一隅的莲花池公园正是因了满湖望不尽的荷花得名。这个占地44.6万平方米的城市公园在古老而厚重的北京城里实在算不上太大，与气势恢宏、金碧辉煌的诸多皇家园林相比更是称不上宏伟，然而这块土地却是北京城的发祥地，素有“先有莲花池后有北京城”之说，距今已有3000多年的历史。得知了这一段历史渊源，总想着再去踏上那方神秘之土怀古伤今一番，于是在一个闲暇的日子里，独自顶着北国冰点的温度启程了。

在摩天广厦的丛林中，气势磅礴、中西合璧的北京西客站格外引人瞩目，循着南广场向西南方向走不远，便可看到一处古色古香的公园大门，红墙碧瓦与西客站建筑顶层的飞檐反宇遥相呼应着，莲花池公园便在这里了。

进得东门来，一股浓浓的、火红火红的年味扑面而至，我这才记起今天是大年初七，庙会的最后一天。喜庆的乐曲与随处可望及的红灯笼撩动着每个人的心，本是来此凭吊古今的我也耐不住诱惑，不由自主地投身于这艳红的流中。南向而行，在人群中熙攘着、碰撞着，乐此不疲地流连于一个个同样火红的摊位前，摩挲着喜爱的小物件，碰到实在放不下手的，定要收入囊中，同时更收获了一份喜悦。

拎着自己淘来的宝贝——椰壳饰品和泥塑的兔爷心满意足地跳离人群，沿右手边的便道前行，远眺可以看到被一圈高大垂柳呵护着的湖了。没了叶子羁绊的柳条顺滑如青丝般优雅地低垂轻摆，湖岸上三三两两的人们悠闲自在地散着步，与这边喧闹红火的庙会相比恍如隔世。

流连于庙会，以致错过了些园中本有的景色，一抬头已经行至公园南端的牡丹园了。昔日国色天香的牡丹如今被枯黄的干草皮严实实包裹着，抵御北国冬日的寒酷，望过去犹如一群身着战服跪地埋灶做饭的士兵，在同色系裸露的浮土映衬下，如置身于古战场。若想一睹芳容，需得待到四月中下旬，此处便是“百般颜色百般香”了。

再北行不远，是公园的西广场，记得盛夏时分这里总是摆满了一盆盆仙姿婀娜的莲花，供游人穿行其间赏闻、留影。而此时，一座露天的五显财神庙拔地而起，来讨彩头的游客络绎不绝，都想在新年伊始沾点儿福气。据史料记载，广安门外莲花池西南（今六里桥立交桥处）确曾有一座五显财神庙，早在元末就颇具规模了，距今已有 700 年左右的历史，明清两次重修保护，这座久负盛名的财神庙拜客不绝、香火旺盛，直至二十世纪五十年代末庙会停办，“文革期间”被改为小学校，后又于八十年代末因修建六里桥立交桥被拆除，历经几百年沧桑的古庙彻底谢幕了，如今原址仅存两棵古槐依旧在续写着历史。近年因着这段历史，五显财神庙庙会进驻了距原址不远的莲花池公园，虽规模、韵味不可与昔时媲美，却也沿承了传统民俗，浓郁了“年”的味道，满足了人的心愿。

绕过财神庙，即把喧闹与兴奋抛在身后，一切都恢复了往日宁静的样子，是我熟悉的莲花池了。一面冰冻的湖如巨大无比的古老银镜赫然铺展于眼前，而让我为之震颤的是湖畔的满目凄凉。第一次看到冬日的荷。秋风中的残荷让人伤感，引人无限愁思，古今多少诗词佳句吟咏而出，而此刻映入眼帘的只能说是颓败。我倚身沿湖而筑的汉白玉栏杆，如置身荒野的边缘，枯萎的花径形同灰烬上零乱的干草，或光秃秃地昂然指天，或禁不住残叶的拉拽折腰探入水中，无言地诉说已静止的生命。我不甘心就此离开，我要找回心中冰清玉洁、出泥尘而不染的荷花来。我俯下身，再俯下身，仔细端详近前的枯荷，失尽了水分的茎干细弱得无法承受残叶的重量，便陪着曾经碧盘一样的叶子低垂到湖面薄薄的冰层上。丢了色彩的荷叶向下收拢，如旧时姑娘的裙裾，有着深深的、柔美的褶皱，或立或卧，定格在它被凝冻瞬间的身姿上。一些残叶已经完全没入水中，透过冰冻的湖面，可以看到它们依然淡雅婀娜，被半透明的冰层镶裹着，像极了琥珀。生命是如此脆弱，然而时光能带走荷的生命，却夺不去它的优雅，它淡定从容地迎接生命的终结，留下恬静的雅致，这出尘入世之美须用灵魂方可品得。如此，心渐觉舒畅起来，仿佛已置身盛夏驱舟荡波于田田莲叶间，看“微雨过，小荷翻”了。

公园西北有一处翠竹掩映的小路，迂回曲折，甚是幽静，向东出了竹林，眼前另有一番景色，小桥流水，花木错落，山石俊秀，如置身江南水乡，虽值隆冬，叶落花凋，却也掩不住那份清秀。踱过小石桥沿湖岸东行，又过了一片荷花观赏区，便可清晰地看到湖面了。

公园四周高大楼宇的靓影尽收湖中，高矮与色彩皆错落有致，橙灿灿的太阳也映在湖面，雕刻上冰的纹路，色泽柔和亲切，真是一幅绝妙的印象派画作。整个公园依湖而建，也因湖得名，这湖是公园的灵魂，也曾是北京城的摇篮。早在三千年前西周的古蓟国，此处便是京城的水源地，因位于都城的西郊，故称为西湖，金朝时期，这里是中都郊外的湖泊和沼泽地带，也是重要的水源地之一，因湖中植有莲花，又称莲花池，以后的朝代，建城于它处，此地渐渐荒废，民国初年，井岳秀于此建园，于右任亲题“崧生公园”与“风归远挹陶长柳，遗爱常留召伯棠＂楹联以褒奖，新中国成立后更名为莲花池公园，此后又历经了多年的风雨坎坷，才以此面貌呈于我们眼前。湖随朝代更替、世代变换而繁荣或落寞着，太多的历史已沉入湖底，藏于泥沼，今人只能从湖畔拾取些许碎片解读历史的枝节了。王侯将相史书多有记载，我只思量着，在离我们很远很远的纪元前，当”风乍起，吹皱一池春水“，是怎样的小舟轻荡于潋滟碧波，又是怎样芙蓉般美好的女子歌于轻舟之上；我不知道在旧时的年月，同是这样一个清冷的冬日，是否也有个多愁善感的女子痴立于湖畔，细数枯荷，思绪满怀。

园子北面是土筑的狭长小山，不高，只需十余步即可到顶端了，遍山的松柏苍茂依旧，一座两层的六角亭伫立于形态各异的灰色巨石中，拾级而上至顶层，便是公园的制高点。由小亭向西远眺，虽不能将公园景致尽收眼底，却也能看到银色的湖明珠一样地被灰褐色的树木遮掩呵护着，被火红的庙会拥裹着、振奋着，过往的记忆与现代的节奏交织于一处，在这个萧瑟冰寒的冬日里焕发出瑰丽的色彩。

下山沿湖东行，不多时便到了来时的东门了，回望，一切都还是来时的样子，不同的只是往来穿行的人们，如同这古老的土地、古老的湖，和不断变换的历史的书写。

走了，留下我的情思，带去莲花池的冬影。

玉渊潭访雪

清早，虽然一睁眼就从微信中欣赏到了好友们拍摄的各家门前的雪，当我拉开百叶窗的瞬间，还是为自家门前银装素裹的世界由衷地惊喜。盼了一冬，眼巴巴看着新闻里周围的省份依次落雪，单单这北京城就是执拗着不肯飘一星雪花，眼见着一天天暖了起来，人也盼得没了精神，冷不丁地，在万籁俱寂的夜，雪不声不响地把整个京城覆了个严严实实，真个是“堆积琼花，铺陈柳絮，晓来已没行人路。”喜悦的心情却是遮不住的，虽说是大年初八，节后工作的头一日，却听不到一句对出行不便的抱怨，每个人都沉浸在这久盼的惊喜中，雪滋润着土地，也滋润着人心。

推开玻璃窗，冷风送入清冽的雪香，久违了的味道，久违了的感觉诱惑着我渐不安分的心，如此一场雪怎好辜负？必当雪地里走一遭才好。想着玉渊潭春日的垂柳碧波、石桥小丘在冬雪的装点下必是另一番景致，便兴冲冲背包径直而去了。

进得东南小门，略行几步便到了西湖南岸。若不是自少时就年年于这湖畔赏玩流连，定会以为自己面对的是一片皑皑雪原，哪里还有湖的影子呢？玉屑样的雪粒不管不顾地自天而降，不理会你是湖、是岸，密匝匝地铺陈在它能够找到的落脚处，冰冻的湖面与岸边伸向湖中的巨大观景平台在雪的妆点下已分不清你我了，白茫茫一片向远处伸展着，倒是湖心里三两处水面的冰已经融化，露出湖水淡淡的铅灰色，远远看去像是这雪原中的小湖。

我小心翼翼地走向平台的边缘，用脚试探着寻找湖与岸的界限，我知道此处之水不浅，望着远处半融化的冰，胆小惜命的我终于还是没敢在湖面上走动。几个大人带着孩子在近岸的湖面上嬉闹，色泽鲜亮的衣服点缀在雪中煞是好看，像是谁随手丢了几粒五颜六色的糖果。回过身，一个五六岁的男孩子正在雪地里一路翻滚而来，裹了一身的白，脸蛋儿被雪地映衬得分外红润，紧随其后的大概是他的妈妈，笑着给他鼓劲儿："多滚几圈儿，难得有这机会。"小男孩越发滚得起劲了，引得旁人驻足而叹："嘿，这才是真正的滚雪人儿呢。"小孩子的这份自在真是让人羡慕呢，作为成年人的我为了所谓的矜持也只能看看罢了。

即便是无梅可寻，踏雪对我来说依然是一种莫大的享受。喜欢在厚厚的积雪上印下我的足迹，喜欢听鞋子与积雪碰撞出的咯吱咯吱的声响，不曾踏过雪的冬天怎可算作冬天呢？我不厌其烦地在积雪上往往复复，一切开心的扰心的事都被这醉心的莹白和美妙的声音驱逐了，雪充充满满地占据着我的心，虏获了我的思绪。

落雪的日子，感觉世上的一切都静了下来。漫步于湖畔小路，清扫过的路面依然被一层被踩实了的雪附着着，隐隐露出下面冷灰色的水泥。雪不停歇地落着，此时越发下得紧了，如自天而降的细白的沙，我张开双手想捉住它，却不见美丽的六瓣花，手心里只是多了几滴水，很快水也没了踪影，它躲进我的肌肤安了家，自此我的生命中有几颗雪粒为伴了。我从路旁厚厚的积雪中抓起一捧雪来，想攒一个雪球，怎奈这颗粒状的雪竟是如此松散，用力一捏就挣扎着从指缝间逃了出去，虽觉遗憾也只得作罢。

这场雪来得不温不火，因此树木上积雪不算多，只是在比较粗大的枝干上方轻描淡写地铺陈着，如薄施的脂粉一带而过。雪松此刻真正地成了“雪”松，细密的松针贪恋这雪的晶莹，托举着天赐的圣洁不肯放手，于是松树墨绿色的层层裙裾上不知不觉间镶了道洁白的蕾丝花边，着实生色不少。融雪洗涤着松针上久积的尘埃，松针如打了油般闪出缎子的光亮，越发显得苍翠。铺地柏像是刚刚在云朵中打了个滚儿，沾了满身云的碎片，看过去似片片绽放的琼花。奶油蛋糕样的岩石旁，几株巨大的白色花朵正在雪地中怒放着，是雪莲花吗？你看那身姿多么优雅高贵，细长的白花瓣外沿勾勒着墨绿色的边线，与同样莹白的雪地分别开来，近身细细端详，却是剑麻用它两边微微翘起的修长叶片载满了雪，将自己装扮成一朵朵身姿婀娜、冰清玉洁的雪莲，只是雪不能遮住它尖利而硬实的叶尖，让如我这般曾因为好奇而被它刺痛过的人们虽垂涎它的美丽而不敢贸然碰触，不可触摸的美更是撩动人心啊。

一条由南而北的长堤将湖分作东西两处，这里的雪不曾清扫过，厚厚的如纯白的羊毛毡毯、印着游人无序的足迹，高耸挺拔的杨树齐整地侍立两旁静默不语，长堤与参天的杨树似乎没有尽头地延伸着，行于其间，心情也随着向远方、向高处伸展，呼吸也是没有羁绊的舒畅。

长堤北端是一座小巧的五孔石拱桥，天暖的时候可以撑船在桥下穿行于东、西两湖之间，拾阶而上于桥的高处，东、西两湖景致尽收眼底。远眺，阴郁的天为远处的建筑物蒙上一层灰色的滤镜，所有的色彩都归结为深深浅浅的灰，如一幅顶天立地的景物素描画。而这令人愁郁的色调在画卷下方的湖岸边戛然而止了，多么壮观的雪湖啊，仿佛是谁倾倒了满满一湖香浓的牛奶，又恍若上天于此搁置一块巨大温润的白璧，它是这幅画作当然的主角，周遭的一切都成了它的陪衬。面对如此开阔的无瑕的白，我屏住呼吸深恐惊扰了它的纯净、安宁，只想静静地、静静地与雪这样相守，任由灵魂飘然雪中。

桥下的水悠然荡着暗灰色波纹，冬天的天寒地冻似乎奈何它不得。湖水以小桥为轴心呈圆弧向四周扩散开来，渐渐地在圆弧边缘结成薄薄的浅灰色冰层，离桥越远冰层越是厚实坚硬，飘飞的雪在此稳稳安顿下来，为它织就一床洁白的绒被。暗灰的水、浅灰的薄冰与莹白无瑕的积雪层次分明地装点着湖面，如青丝、素颜、一袭白衣的女子，简洁而唯美。

过了小桥一路向西，一条东西向的长堤将西湖从北边分隔出两个独立的小湖。夏日里，在小湖畔赏荷是极惬意的享受，如今碧波已隐身冰下，冰亦藏于雪中，接天莲叶与映日荷花只余下枯黄的茎干从满湖面的雪中密密麻麻地探出头来，搅乱了雪纯净的梦。远远望到小湖的另一边晃动着五颜六色的影子，甚是热闹，不由得趋步而往，原是孩子们在湖面上玩耍嬉闹呢。我知道此处水浅仅及膝，便大着胆子踏上了湖面参与其中。这里本是野鸭的天地，每每看到它们悠游于碧波之上，那恬淡无虑的姿态真是让人羡慕，如今借着这冰雪我也能行走于湖心了，心中不免有些许的得意。覆满雪的湖面上已经堆起了一个萌态十足的小雪人，另有两个正在诞生的过程中呢，小小艺术家们专心致志地塑造着他们心中的雪孩子，那份专注让人分明看到了罗丹的影子。一个女孩在雪上很随意地画着没有任何意义的线条，若有所思，是在与雪诉说着心事，或是只为享受与雪的亲密接触呢？有创意的是，一个妈妈将扫把变成了雪橇车，孩子坐在宽大的扫把上让妈妈拖着跑，身后留下长长的彗星尾巴一样的印迹和母子俩畅快的笑。

又转过一座石桥，到了一处幽静的所在，小湖边高大的树木是天然的屏障，把声音和一切现代的建筑遮挡在外面，恍若古时与世隔绝的桃花源，垂柳、干芦苇、野草、乱石、湖和无边的寂静是这里的全部，满湖积雪更是添增了此处的安宁。这一静谧的氛围勾起我灵魂深处的隐世情怀，若得此般所在悠然安度余生该是多么惬意的事啊。

看到游船码头，便意味着将至公园西门了。此时的雪又落得急促起来，如斜飘的雨劈头盖脸地打在身上，行路人都成了白头翁。回望飞雪中静若处子的那一汪湖，说不清是雪在湖中，还是湖在雪中，再美的景致总是要离开的，我翩然转身，没有不舍与留恋，因为玉渊潭的雪已然存于我心了。

信仰的圣殿

记长辛店天主教堂

永定河，恰似燕山山脉蓦然伸出的一只手臂，扼守着北京城的西南门户，自古由中原而来的商贾客旅行至此处，无不暂驻河西岸歇息以待渡河。久而久之，两个小小渡口村庄融在一处，出落成了店铺客栈林立、车水马龙的繁华市镇，历经沧桑变迁，如一艘小船稳稳当当停倚在河西岸的卢沟桥畔，它，就是京西的千年古镇长辛店。

这一片土地，中间低洼如船底，东西两侧高峙如船帮，佑护着千年古镇从未被永定河肆虐的洪水侵扰过。这一艘古老的不沉的船，历经岁月的雕刻、历史的积淀，形成了其独有的建筑特色与小镇文化，又同时包容着诸多种宗教文化在此生根成长，娘娘庙、火神庙、老爷庙，还有清真寺，各自供奉着不同的神灵，却也一度相安和谐。更让人想不到的是，就在这同一条街上，竟然有处充满异国文化情调、拥有百年历史的天主教堂。如今，老教堂虽已无存，钟声不再悠扬，但已根植于人血脉的信仰却是风雨打不灭，岁月蚀不掉的，虽有暂时的黯淡，却无妨生命力的永恒，于原址拔地而起的新堂里又响起了赞美诗的乐曲，令人不由自主地循着这沁入灵魂的悠扬去找寻它的源头。

长辛店大街西侧，沿教堂胡同西行不远，两座灰色的哥特式钟楼与巍巍然峙立其上的十字架隔过古朴民宅的屋顶跃入眼中，再行几步，便见到一处与周边环境迥异的灰色西洋建筑矗立于绿意盎然的院落中，这即是教堂胡同41号——长辛店天主教堂。虽然不算富丽堂皇，却以其简洁的线条诠释着传统哥特式教堂的主要特征，厚重的扶垛将教堂外墙面清楚地纵向分成三部分，三道棕红色尖形拱门并立正中，中门正上方是一面无色玻璃的圆花窗，与其上山墙中央的乳黄色“耶稣善牧”圆形浮雕相互呼应着。拱门两侧各有两扇并立的尖顶窗和一面略小些的圆花窗，最上方是立有十字架的钟楼，与中间的山墙并肩而立。教堂外墙为砖灰色，配以白色拱门饰，灰色让人肃穆凝重，白色令人心生愉悦与希望。

说起这座教堂，已经有百余年历史。最早在1911年由法国传教士建造，典型的哥特式建筑，除教堂外还有副堂和神甫住宅，以前门头沟的神甫都是常驻在此堂。这里曾是北京西郊最大的天主教堂，一到主日，人山人海，来自丰台、房山和门头沟的教友就会用各种交通方式来此过宗教生活。

1951年，长辛店教堂被关闭了，后被用作轴承厂仓库，2005年轴承厂将产权移交给北京天主教爱国会。虽然几十年来遭遇了严重的破坏，但教堂主体结构十分完整，唱诗台、副堂和钟楼一直保存完好！可惜老教堂还是被拆除了，雄姿不再，透过几张珍贵的老照片依然可以看出其建筑的精致，只是教堂内部的精雕细刻已无从目睹。

如今矗立于我们眼前的，是在原址新建的教堂，以及一个养老院，2009 年圣诞节前夕竣工交付使用，举行了盛大的竣工仪式。新教堂虽失了昔日的古朴与历史的厚重，但无论如何还是给了一方信徒一个归所，并且也预示着一个崭新的开始。新教堂依然秉承哥特式的建筑风格，以其粗犷奔放、灵巧、上升的力量体现教会的神圣精神力量，以其结构变化，造成一种火焰式的冲力，把人们的意念带向“天国”，成功地体现了宗教观念，人们的视觉和情绪随着向上升华的尖塔，有一种接近上帝和天堂的感觉。

穿过生着矮小灌木的绿化带，进了墨绿色铸铁雕花门，便已踏入天主教堂的院子了。左手边，圣洁的汉白玉圣母玛利亚雕像端立于水池中被繁花簇拥着的小山石上，那是圣母山，是正规的天主教堂一定要有的。圣母玛利亚在天主教中有着极高的圣名，是为教民们特别崇拜的，圣母以她的慈爱福佑着每一个虔诚的信徒。每年的十月七日是玫瑰圣母纪念日，教堂总会举行盛大隆重的祝圣。

右手边便是早已闯入我们眼目的主堂。我们造访之时，正门是关闭的，我们经同意从侧门进入主堂内。平日的早上七点和周日的早上七点半钟是做弥撒的时间，虔诚的信徒们会在此敬拜祷告，而此时能容纳二百多人的教堂静无一人，显得格外空旷开阔，却依然能够感觉到那种庄严肃穆的气氛，无论你是否相信上帝，都不由得生出一种神圣的敬意，脚步轻下来，嗓音低下来，生恐扰了这份宁静。

主堂大厅是传统的长方形。若由正门而入，穿过一排排棕红色漆木座椅，尽头高台之上，圣洁的祭台安居正中，无论你从哪道门进入教堂，祭台都是最引人注目的。那是基督的餐桌，是感恩祭宴行动的中心，一切圣事礼仪都汇聚于此。耶稣受难像高悬在祭台上方，左右两侧四面彩色玻璃上绘制着新约圣经中四福音书的作者——圣使马窦、马尔谷、路加及若望，在阳光下闪烁着璀璨神秘的色彩，他们之间由白色柯林斯式附墙柱分隔开来。哥特式建筑最早在巴黎北面的圣德尼修道院教堂出现，是院长——杰出的修士苏热尔智慧的产品，而彩色玻璃正是哥特式建筑的主要特征之一。苏热尔真心诚意地认为，彩色玻璃依靠光产生出珠宝般的效果，而注视辉煌的彩色图像，将引导人们认识图画中的真理，美的感官引导出对天国的感悟。

顺着耶稣受难像向上仰望，是白色肋架支撑的浅蓝色拱顶，正如天空的蔚蓝，令人不由想到上帝的天堂。七盏华美的水晶灯贯穿教堂前后一字排开高悬，富丽堂皇中透着高贵。教堂的光线极好，除了祭台后的墙上四扇彩色玻璃外，与之相对的正面墙上还有四扇尖顶窗和一大两小圆花窗，两面侧墙中十扇高大细长的尖顶窗更是几乎占满了整个墙面，阳光从四面充充裕裕地辉耀进来，投在供信徒们望弥撒的座椅、跪凳上，于庄严肃穆中多了一份祥和与希望，一如上帝威严中的慈爱和信徒对天国的盼望。

窗子之间也由同样的白色科林斯式附墙柱隔开，一组共十四个十字架形的苦路牌分别悬挂在每根柱子两侧，描述了耶稣从被捕、受审、受刑到被钉十字架的整个过程。有着优美弧线的白色唱经楼位于正门入口处，于楼下仰望，圆花窗如一枚太阳落在楼台上，又如耶稣头上的光轮，让见到的人心中燃起希望。楼下一侧还专设有“告解亭”，供神甫接待信徒忏悔告解之用，信徒在这里卸下自己的罪过与内心的负担，开始尔后新的生活。

主堂后面是一处小院落，异常整洁宁静，这就是教堂所属的养老院——天颐安老院。在一栋灰色的三层砖混结构的小楼中，有六十个供老人安养的床位，每个房间里都设有独立卫浴间，电视、冰箱、空调及地热采暖一应俱全。同时院内还为老人们预备了健身室、棋牌娱乐室、图书阅览室、医务室、洗衣房、餐厅等。因为有限的床位，所以目前在此颐养天年的都是天主教信徒，由天主教北京教区若瑟修女会的六位修女和教友提供生活服务，她们都受过正规的培训，了解老年人心理、生理特点及老年常发病，养老院配有医生，全天候为老人服务。教堂每天早上举行的弥撒圣祭，以及驻堂神父随时为老人提供不同的圣事需求，更是满足了老年教友的灵性生活。

说起若瑟修女会，倒是有一段来历。1872 年，法国遣使会士田佳碧主教创立了若瑟修女会，这是一个中国修女会，以大圣若瑟为主保，创会宗旨是为当时代的妇女儿童讲授要理，是中国最早的教区性修会。修女会 1949 年后被停止，后于 1986 年恢复，现有修女 50 位，其中永愿修女 41 位。她们被分派到教区的各个教堂做不同的工作，正如我们天颐安老院的修女以她们的博爱精神全心关爱着在这里颐养天年的老人们。

除了这所安老院，长辛店天主教堂更是热心参与着诸多的公益慈善活动，在此不多絮言，因为《圣经》上说：“不可将善事行在人的面前，故意叫他们看见。”又说：“你施舍的时候，不要叫左手知道右手所作的。”信徒也以自己的言行遵行着教义，博爱为善、宽厚亲和，为这千年古镇的和谐安稳、繁荣进步如润物的细雨撒播着无声的爱。

美哉，大连

对大连思慕已久，太多赋予它的赞誉充塞于耳，搅得我屡番蠢蠢欲动，奈何又总不得成行。日益浓重的遗憾愈加膨胀着我的渴望，更何况又许诺于女儿了呢？于是在这个盛夏上午，我们抛下北京的炙烤与琐事，揣着满满的喜悦与憧憬，坐上向着北方疾驰的列车。

车轮载着时间丈量着路程，更迭着窗外景色，片片农田被丢在身后，平原被掷出视野，当我随车身穿梭于丛丛丘陵之中，看田里的玉米越来越壮硕，树木越来越浓郁时，我知道，我们已进入辽东半岛这片沃土，我想往许久的滨海小城——大连，愈来愈近了。哦，大连，你是我所期盼中的样子吗？

城

拖着旅行箱踏足大连北站前广场，裹着淡淡咸腥海风的空气拥吻而来，举目四望，楼宇参差、小山隐隐，我已陷身于摩天大厦与丘陵的丛林中。这哪里是小城，分明是大都市的气势呢。

Hello，大连，我来了！

坐在车子里，我十足像是初进大观园的刘姥姥，左顾右看，一切都那么新鲜有趣，对于初识的城市，我的好奇心向来都要打败矜持的。道路像是正在悠闲呼吸着的胸脯，缓缓地不规则地起伏，车子随之轻缓上下，亲切而柔和。路旁不时有葱翠的小丘跳出，与拔地而起的西式高楼错落映衬，令人眼舒心怡，总不觉得行程疲惫。哦，这小城，有着想象中的清幽，却比想象中繁华得多。

安顿好酒店，小憩片时，近傍晚时分我们直奔星海广场。这个亚洲最大的城市广场，背倚城市、面朝黄海，是大连的标志，似乎只有到过这里才称得上是到过大连，就像游北京必游故宫一样。真正用脚步丈量起来才感受到广场的开阔，置身其中，见不到鸟瞰图中的壮美，只觉自己渺小成草坪王国中的一个点。四周建筑簇拥着广场耸天而立，形成一个开口面海的抛物线，住宅、酒店、商务楼摩天比肩，气势与档次不逊色于北京的CBD和上海的浦东新城，现代都市气息甚是浓郁。不远处依小山而建的城堡酒店仿佛斜倚在绿色丛林间的白衣女神，如一个恒久的童话，这繁华中的一点浪漫令人不因林立的楼宇而感觉压抑。更何况还有海，与岸拍击着乐曲，与天勾兑着色彩，那世间纷扰、得失哀乐不待思索就遁去了影踪，海包容下一切情绪，而后抛给你愉悦和希望。

广场之多是大连的一大特色，除却星海广场外，著名的还有属市政府所在地的人民广场，及有着百年历史、日俄建筑林立的中山广场……因行程短促，未及细品，只是路过时匆匆一瞥。我把更多的时间留给大海和城市的街道了。

每到一城，必要走走城里的街道，像出门遛弯儿的本土市民那样，不急不慌，听相互熟识的邻里间寒暄，勤恳的小贩吆喝，看车辆穿梭过往，猫懒洋洋地踱步，狗匆忙忙地小跑，正宗的城市味道就在这无比寻常的生活琐事中氤氲，我乐于融在其中，在如此的亲密接触中爱上这个城市。

这是一个没有喧嚣的城市。即便是旅游旺季，除了海边，街上大多只是三三两两的行人过往，偶尔要问个路也不易碰到本地人，大连人又似乎不大健谈，于是这个城市就格外的静，你自然而然地就轻言轻语了，似乎破坏这种清宁是件极不道德的事情。

景区的脏乱不能归咎于大连人，游客需要检讨。不信的话你到市区的街道和居民区逛一逛，就知道大连人是多么爱惜他们的家园。在这里几乎找不到卫生死角，地上没有痰渍，没有收药、办证的小广告，没有肆意横流的污水，没有丢弃的饮料瓶、烟头……无论是马路还是小巷，总是像刚刚清扫过的样子。这里不存在门面与非门面之分，没有刻意的粉饰与敷衍，旧楼新厦都极认真地恪守着自己职责，都受到相同的礼遇，繁华处与幽僻处一样整洁。在老旧街区，楼房可以是旧的，但绝不破败；街道可以老，却是一尘不染。也许你会说，大连作为一个现代城市不过百多年历史，所以比较规整，但洁净与否则与城市的年龄大小无关了。城市的城乡结合处通常是比较脏乱的，我在去往金石滩开发区的轻轨沿线看到，虽已是渐入郊区，不那么繁华了，与具有欧陆风范的花园小区毗邻的是田野、农宅和工业公司，但我视野之内依然没有垃圾。

值得一提的还有城市绿化，谓之花园城市是名副其实的。原以为东北地区多植松柏等耐寒植物，不想树木的种类不比中原少，法国梧桐、银杏在此也是茂盛得很，在北京能见到的花草这里都有。想来是因为大连拥有着具有海洋性特点的暖温带大陆性气候，冬无严寒，夏无酷暑，且四季分明，造就了优越的自然生态环境，成为多种植物栖息的理想家园。除了星海公园、劳动公园之类的大型公园外，更有数不清的街区花园和公共绿地遍布城市，供居民悠然度过赏心悦目的闲暇时光。

居住于这样洁净、优美、自然与现代气息融合的城市中，对于外人的艳羡与夸赞，大连人从不掩饰心中的认可与自豪。我想这个城市的管理者是真的尽了心的，市民的爱护也是出于对自己城市的认可和爱，把这里真正当成自己的家，自然是爱惜不已的，谁会在自己家里乱丢垃圾呢？谁愿意损坏自家物品、扰乱自己秩序呢？

上天对大连确是偏爱有加，说大连是东北海滨的一颗明珠一点也不为过。然而大连的美不仅在于其地理条件的得天独厚，更有大连人用智慧及勤奋的精心构筑与尽心呵护，上天的偏爱加之民众的努力，实在是天人合一的佳作。难怪大连人总是看着那么自信，生活在这样一个城市里是多么舒畅的事，真是羡慕煞人。

大连城的小山

让我爱到不能自已的是大连的小山。第一次在一个城市中看到如此多的小丘，它们几乎长得一模一样，像顶巨大无比的墨绿色圆顶帐篷，由大自然经久的剥蚀雕刻而成。也许大自然的神来之手爱极了这种样子，便由着兴致将它们雕琢成了孪生兄弟，而后随心所欲地摆置在这片土地上。

随便选一条马路走，行不多远定能看到山，或者干脆就已在山脚下了。山体整个被林木覆盖，难见裸露之处，深邃浓重的绿如同积郁了许久的厚重云层，仿佛随时都会洒落翠珠一样的雨滴来。满山树木的清新味道极具诱惑力，加之仅有一百多米的高度，令如我这般懒惰的爱山人总有一种想抬脚攀爬的冲动。

也真的得机会爬了一次山。一日午后，我们去游览位于劳动公园南侧绿山之巅的大连观光塔，在山脚下车后，只见索道横跨马路于半空中穿梭，一端扎入公园深处，一端直抵山巅，一时寻不到可以抵达观光塔的法子。偶遇一位爸爸带着四岁的小女儿路过，忙上前询问，碰巧他们正是来此处爬山锻炼的，便邀我们同行。我们自然是很乐意的，心中早有这个念头，便欣然同往了。

本以为这么大一点小山爬起来是毫不费力的，不想只登了二十来个台阶就腿肚见紧了，速度渐缓下来，好在登山客不多，直至登顶也只有我们四个人，所以不必担心妨碍别人行路，且又不赶时间，便随着心情走走歇歇，也好，正好可以欣赏一下山中景色。山路本身就好美，青石台阶依山势逶迤，两旁突兀的山石间，树木不算高大却也足够将道路遮蔽，于是山路隐身了，若非身在此山中是断然看不到的。山间树木除却松柏外，多榆树、椿树和酸枣树，树下顶着细碎小花的野草繁茂，不知名的矮小灌木丛生，各样小虫有条不紊地忙碌着自己的事情，不屑于理会闯入者少见多怪的讶异眼神。这是大自然划拨给小虫的地盘，人不过是过客而已。

突然发现久违了的知了壳，蜜一样的琥珀色，足部紧紧抓住一片树叶，形体的每一个细节都完好无损，如同正在小憩，只有背部巨大的开裂让人不得不承认这只是一具空壳了，身躯与灵魂均已羽化。接着，一个又一个知了壳在树干、枝丫和叶面跃入眼帘，像是回到了童年，我兴奋不已。知了并没有独霸天下，蜘蛛四处拉网布阵占地，白色的蛛丝在阳光下优雅地闪烁，是蜘蛛颇为自得的作品，也是不少小虫的噩梦。可是总会有漏网的家伙，比如黑花蚊子，猖獗依旧，且功力极大，即便人在走动也不妨碍它们进食，之后奇痒无比的感受令人抓狂。

大约是快到半山腰了吧，我收住脚步举目远眺，啊，耸天的楼群赫然现于视野，隔着一大片树木的葱郁，如草地上生出的无数只蘑菇，刚刚还以为已遁入山林远离了尘世，这才记起此身尚在凡尘中呢。每每又攀上了一定高度，总要欣赏一下不远处的城市，随着高度的增加，城在一点点扩大，我便为此兴奋而得意，仿佛这城是自己造就的。接近山顶时，已能看到楼群外远山隐隐，近处山下，巨大的摩天轮和颇具名气的彩色足球雕塑不动声色地昭告着劳动公园就近在咫尺，让你很难不动心一游以尽兴。

当我们登上观览塔海拔 288 米处的三百六十度观景层时，我的眼目拥有了整个城市。曾经以为是城中有丘陵，此刻才知道是丘陵中有城。这真是一片得天独厚的沃土，每一座山丘都生长着旺盛的林木，葱茏的枝叶令小山氤氲着碧色的浓彩，曲曲折折地四散着向远方伸展去，由近而远渐次涂抹上空气中的苍蓝，由绿而蓝再而灰白，终于与天际一色共同消失在遥远的地方。三面环海的大连城如绸带迂回蜿蜒在众多葱郁的丘陵间，灵动而小巧的山，挺拔着身姿也遮不住山间台地中生机勃勃的年轻城市，但是城并不因此而自得张扬，它柔婉地依偎着层叠叠苍茫茫的小山，娴静而优雅。城依山势而筑，高低错落，蜿蜒迂回，如群山间凝冻的河，与山那么和谐，你丝毫不觉有谁侵犯了谁，破坏了谁，恰似花与叶，相互映衬，没城山会寂寞，没山城会苍白。远处，海与岸推敲着城市边线的细节，城守望着海，海呵护着山与城，山、城、海，构造着这片沃土，无可挑剔的美好，宛若上帝于东方兴起的伊甸园。常听人说世上没有完美的事物，那他想必没到过大连，不信请来看看，难道这不是对“完美”最好的诠释吗？

梦醉金石滩

那层层丹霞般的岩石令我魂萦梦绕，与六亿岁芳龄的地貌约会将是多么浪漫的事。造访大连金石滩国家地质公园，只为一睹梦中情人的芳姿。

好远，从市区坐了四十来分钟的城市快轨到金石滩站，还要再换乘专线旅游大巴，二十分钟后，我们被大巴丢在了狭窄的公路边。要下个小坡才到呢，原来我们正走在山脊上。

下到宽阔的木质观海平台——恐龙园入口，脚下是高崖，崖下是平静的海水。向左向右望去，一串连绵起伏的小山携手并立于海边。这里，山即是岸，岸即是山，与海相守数亿载，海依旧那么深沉，岸在不知不觉间出落得越发俊俏了。山上树木繁茂葱茏，山脚岩石裸露、形态万千，或俊秀，或磅礴，或形似他物，或自然本色，无声诉说着大自然的点滴往事。大海以此为起始点不加克制地向远方奔跑，没有任何拦阻，直到与天合拢，开阔得令人感动，海就该是这样子的。铅灰色的云遮了大半个天，海水总是要看天空脸色，此刻比天空更阴郁得厉害，又似乎蒸着雾气，正是烟波浩渺的景象，幽远神秘，令人由不得思绪翩翩。太阳时不时出来逛逛，阳光撞在海面上，碎成了星，随着柔和的海浪闪烁起伏，那星光箭一般射入眼眸，温柔而清灵。苍穹之下，十数只快艇在海面划出优美的弧线，如在灰蒙海田中辛勤劳作的耕牛，令人萌生一种收获的期许。

停在半山腰的木栈道上，倚栏俯视下方，顿生怯意，原来我们正行在山崖上，更有些地段是悬空于海面的，向下看久了便觉晕眩。再回望刚入园时所站立的观海平台，才发现原来那是一处非常出名的景致——恐龙探海，哦，刚才竟有幸被驮在了恐龙背上呢。那恐龙只顾呆头呆脑地埋头于海中饮水，一副懒洋洋、与世无争的样子，又着实厚道，任凭游人往来于自己脊背上也毫不在意。

辞别好脾气的恐龙，我们沿着海边山上的木栈道与青石路边玩边走，一路欣赏知了亢奋的歌，蜘蛛绸缎般的网，草木在洁净的空气中格外碧透俊美，咸腥的海风光顾山间，与野花的味道调和在一处挑逗人的嗅觉，又添得一份凉爽。

路过“将军石”，“将军”岿然不动地屹立在海蚀平台上，望着海那边的亲人，表情凝重。哦，多情的将军，难道余生尽在思念中了吗？海水在他足下涌动，是劝他断绝念想回转身去，还是助其向海对岸行进？不得而知，但见历经岁月与海浪的剥蚀，将军石的基部已被削去了许多，有点头重脚轻的感觉了，也许在很久很久之后的某一天，老态龙钟的将军将会横卧于大海得以休息，再更久以后，他碎成了残片，消匿于海中，那时，没有人还记得他和他的传说，没有敬仰与赞叹，他的魂魄便可解脱了，去寻找他苦盼思慕的人。

沿木栈道下行不远，忽觉眼前一亮，近旁触手可及的山岩由无以数计的纸张般的薄片叠起而成，一摞摞或纵或横挤挨在一起，如于无序中有序地堆积成山的手稿，颜色自下而上由青灰渐变为奶黄。兴许是摞得太高了吧，总觉得随时会倒下来，我需跑去满处捡拾散落的纸页，然而它们已经在这里叠摞了数亿年，风读过，浪掀过，地面上虽零落着些许碎片，但更多的手稿依然堆积成小山，留待岁月来删改，等候人们去翻阅。

木栈道顺山势左拐一个小弯便到了尽头，我们已经站在海滩上。抬眼望到那堆书稿的侧面，全然是另一幅景象，恰似被狂风掀起的稿纸，向着海的方向翻卷着，气势壮阔。大海性子太急，竟把书稿读成了浪，不知是否于其中添加了几笔自己的见解。据悉，此处被称为“大连电视台台标”，在地质形态上属于褶皱，形成于8至6亿年间的震旦纪，是在岩石固结后由于构造作用产生的一种次生构造，由于挤压应力使岩层产生波状弯曲，是一种未丧失岩层连续性的塑性变形。

与另一面那一摞摞凌乱的手稿合在一起，我更愿唤之为“书稿”。数亿年来，大自然潜派了不知多少执笔者在此用各自独特的手法，或独自撰写，或群力合作，将自然的轰烈与凄婉、柔韧与脆弱、恒久与变幻的见证如实记录下来，并且仍在续写着。

其实我早已望见了不远处那胭脂红的“丹崖史书”，之所以按捺着心中的喜悦，一是自己故作矜持，再者也确实喜爱“书稿”想多看些时候。大海与地壳活动将此处的山崖塑造成了小小的半月形，“书稿”与“丹崖史书”分守在月牙的两个尖上，而中间将它们连在一起略凹进去的山体又如一个巨大的书桌，左边摞着纷杂的“书稿”，右边放着成册的“史书”。

“丹崖史书”形成于距今5.4亿年早寒武纪典型的萨布哈环境（萨布哈原系阿拉伯语，意为被盐浸透。）岩性多为白云质粉砂岩，夹有膏盐沉积，红色的岩石部分是在干旱炎热的氧化环境下形成的，绿色是在氧化还原环境下形成的，黄色则是岩石本来的颜色。岩层年代分明、薄如纸页，纵观犹如一本厚重的远古历史书卷，记载了数亿年来岩石沉积变化的过程。

这部巨大而精美厚重的史书好有气势，拥有着草绿色攀缘植物覆盖而成的雅致封面，中间厚厚的是胭脂红的纸张，书前书后采用奶绿色和奶黄色纸张，层次分明、相得益彰，远望如彩虹般艳而不俗、美轮美奂。好喜欢那一大张一大张叠放平整的胭脂红，是我见过的最美的书页，未曾谋面就已惦念，远望足以令人怦然心动，你止不住想去翻读的欲望，停不下去拜谒的步履。最下层一人来高黄绿相间的纸页像是被水浸过又风干了，不再平整，如层层叠叠被风吹皱的波浪，让人担忧其中的笔画可还清晰。

实则不必担忧，那书中的字符本不是墨水写就的，也不是每个人都可以读懂的，这天机自有地质学家去探索翻译。当我如一只贪婪的书虫驻足于书侧，嗅着海赋予的味道，轻抚古老神圣的书页而忘记了整个世界时，只要灵魂触摸到大自然的奇伟、岁月的沧桑厚重，便不枉负与此巨著的缘分了。

果真还是下雨了，能欣赏到雨中的海真是不虚此行。雨不算太大，只是细密而急骤，驻足在巨大的丹岩下，看海面被铺天盖地抛下的银针扎出无数个暗色的小坑，听雨滴与大海轻声耳语，是带来了上天的嘱托吗？还是凡俗之人无法参透的秘密？只二十来分钟吧，太阳就沉不住气了，扒开云层降下许多处巨大的光柱，波浪又泛起了银亮的光，我这才发觉雨不知何时已经没了踪影，云自觉无趣地四散开来，天空终于露出蓝色，海水也巴巴地跟着蓝了。

我们走走停停，大约用了三个小时抵达著名的鳌滩，也是行程的终点。焦黑色的滩涂如伸向大海的手臂，贝壳的残片极密集地粘在海滩的石头上，我这个轻微的密集症患者看着也会有虐心的感觉。成片的海白菜在海水中透绿得让人怜爱，掀开卵石，有小蟹匆匆跑出，捉起一只捧在手心，指甲盖大的小东西一点都不安分，放到水中就快快地逃了，也难怪人家不乐意，好好的生活被我扰乱了。还有游人捉到了海星甚至红参，我没那么幸运，或者说它们比较幸运没被人捉到，我也不想带走什么，海的还是归于海吧。没看到赫赫有名的龟背石，我甚至忘记它的存在了，只沉浸在自己的快乐中。回到家里才突然想起此事，一点遗憾在心头轻轻飘过，仅此而已，也许我更在意的是我所钟爱的胭脂山岩吧，我只爱我所爱的，无关于它的名望大小，与它的邂逅足以令我欢欣雀跃了。

棒棰岛

阴差阳错，掰着手指头做的大连旅行计划平白无故多出一天，于是有了这次的棒棰岛之行。不过糊涂有糊涂的妙处，到了棒棰岛才知道如错过将是多么大的遗憾。

车子开出市区，一路向东南行进在迤逦起伏的小山谷。也许因为棒棰岛是国家级避暑度假胜地的缘故吧，山路越走越平整宽阔，两侧连绵的小山也与别处大不相同，山上植被格外葱翠齐整，观赏类植物修剪出各样造型，少了些野性，多了些园艺味道，闲情里透着庄重。只这一路上已是视觉盛宴了，不心旷神怡是件毫无道理的事。

大约三十分钟后，我们抵达目的地。第一印象比较失望，区区巴掌大的一片海滩排满了帐篷，放眼望去岸边到处都是人。但是已经来了呀，总要去趟趟海水。抱着既来之则安之的心态走向岸边，澄蓝的海水不由分说地翻滚上脚面，即刻又被后浪拽回深邃幽蓝的海中，那样的冷冽透彻骨髓，驻足海水中的最初五分钟需要些勇气，然后就舍不得离开了。踩着细碎温和的海浪任目光尽情向远方驰骋，望不到头的俊秀小山手拉手看护着大海，围成一个好看的弧，遥遥地招呼着遗落海中的小岛。哦，天堂不就是这样子吗？你看白云悠游在蔚蓝的海天之间多么惬意，攒动的人头在铺天盖地的蓝中是多么微不足道，我的心呐顷刻被掳掠了去，再无一丝忧闷了。

这里三面环山，一面临海，围出不大一块半月形的海滩，我心里更想称之为月牙湾，如此温雅的名字才配得上这么标致的景色。离岸不远，棒棰岛宛若遗世独立的女神静卧海中，哪里像棒槌？分明是天神的女儿眷恋人间风景不肯归去了。远远地，三座小山一样的岛屿半隐于薄薄的海雾中，若有似无，祥云缭绕，不知可是女神在尘世间暂且的居所。

以我来看，此处是在大连下海嬉水最好的地方。海面是大自然亲手织造的上好绸缎，那高贵而祥和的色泽像是蓝宝石里掺入了牛乳，又涂了层珍珠粉，有着乳酪般的柔润腻滑和珍珠一样的光泽。它觉得还是不够蓝，便向天空借得色彩，一遍遍执拗地刷呀刷，连云彩也刷进了海里，又向太阳讨得千万束金丝缕，满处缝缀晃眼的星星。风荡着海水，海荡着星光，谁知那蓝那光竟晃进人心里去了，看海的人就这样失了魂魄，眼里心里除了海再无其他，整个世界都成了蓝幽幽的绸缎，皱出好看的纹路，向着遥远天际无休止地铺展开去。

这一时一处，海温和平静，似极具修养的绅士，使我忘却了曾经对于大海的惧怕。浪总是来得不紧不慢，小小地在岸边沙石上打个滚儿便退去了，如此不厌其烦地往复奔波、自得其乐。快乐的还有踏浪人，海水清澄碧透，没过小腿，脚丫在水底清晰可见，阳光携着水影儿撞上脚面，浪一推就晃呀晃的，人也似乎跟着摇摆起来。

多说大连海滩沙粒粗糙，不适宜下水，那我定要替它大大地喊个冤了。谁说是粗沙呢？分明是大小不一圆润光洁的卵石。在我印象中，星海公园海滨浴场的卵石最为小巧，也最透亮，如一粒粒打磨好的玉石纽扣，捡起就很难放下；鳌滩的卵石个头比较大，色彩艳丽，有非常漂亮的胭脂红和鹅蛋青；此处卵石整体上比星海公园的稍大些，多为指甲盖或鹌鹑蛋大小，色彩也更丰富，五光十色地铺撒在海岸边。发现了一种带花纹的小卵石，半透明的象牙白上飞舞着暗红或明黄色的纹路，如微缩的火星与土星，在海水的洗涤、润泽下玲珑剔透、清新唯美。浪花拍击着海岸，为卵石安排好层次秩序：最上面一层个头稍大，用手向下挖去，你会发现卵石个头越来越小，直至小如一粒稻米。不过无论大小、色泽有多么不同，却是一样的圆润，曾经的棱角经过千万年海水的冲刷和彼此的碰撞，已没了踪迹，仿佛它们生来就是这样光鉴柔润的，谁还记得曾经是经历了怎样的痛楚啊，才修得如今的圆满，连卵石自己也不记得了，那刻骨铭心的经历似乎只是一瞬间的事，再回首也未觉不堪，如今只是一个故事了，写在自己的纹路与光泽里，充实着自己的生命，至于欣赏与否，那是别人的事。

再圆润的卵石也毕竟是石子，赤足踩在上面欣喜不已，不过你若试着在卵石聚成的海滩上多走几步，脚下便会隐隐作痛，再行则疼痛难忍，甚至动也不敢动了，酷似赤足走在公园里健身的石子路上，那样的感觉是难以丢掉的，即使过了很多日，只要一想起小卵石，脚底板便会有痛楚的感觉，仿佛正踩着那些俏皮的小石子。

独坐卵石滩上，看海浪不知疲惫地向岸上翻涌，把卵石冲刷得洁净透亮，退去之时，小石子追随着浪向海里滑，如奔走的涓涓细流，发出窸窸窣窣的脚步声，与海浪慢条斯理浑厚的“轰轰”声此起彼伏，一唱一和。在这绝妙的音乐中，身心暂且从尘世的忧扰中解脱出来，除了看海，什么也不想，发呆是最惬意的享受。

又捡了许多卵石。这里的卵石颗颗都那么喜人，个个都想据为己有，总觉得每一粒都是自己的，想起了阿里巴巴与四十大盗，人的贪婪是多么相似。不知道具有怎样特质的人会痴迷于石头，反正我就是如此。我相信每一块石头都具有生命与灵性，与石默然相对，品读其独一无二的故事，叹其生命历程的厚重，源于古老的自然的精华似乎就在这对视中摄入灵魂了。

天色渐晚，我们几次想走，几次又找理由回到海边，再踩踩沁凉的海水与搁脚的小石子。最舍不下的是那望不到尽头的海蓝，相机也不能如实记下它的色彩，油彩也不能准确调出那样的色调，放在记忆里总会随着时间褪色，这海蓝必是新鲜的才好，它只属于这里。

不过终归还是要走的，留下眷恋与祝福，带走满心喜悦就好了。

短暂的大连之行，太多的美尚未及领略，却已经深深地爱上了，如若你定要问我对这座城市的印象如何，我只能说，上天对这里确乎是偏心了些呢！

三、爱的自言自语

原来，

我们每个人的体内都蕴藏着巨大的能量，

却被我们有意无意地禁锢住了，

这能量就是爱，

你越用它越强大，

它像酵一样可以壮大到不可思议。

难忘打开车门的那个人

年初的一次意外，母亲的脚骨折了，做了个不大不小的手术。手术很顺利，不过出院后还要时常地到医院换药和复查，也正是这一次次地在家与医院之间的奔波，让我体味到了病弱老人的出行艰难和人世间的冷与暖。

第一次去医院换药，为了避免堵车，我们一大早就出门了。父亲推着坐在轮椅上的母亲等在马路边，我来招呼出租车。等了很久，任我招呼的手扬了又扬，见到的却是亮着“空车”牌子的出租车一辆辆地扬长而去。呼吸着它们甩下的尾气，灰溜溜的我意识到了之所以被人家漠视，都是轮椅惹的祸。于是快速运用了一下我的小聪明，让父亲把母亲推到了离我稍远一些的地方，我继续招手。没错，很快就有车子停了下来。我拉开车门，招呼父亲推母亲过来，眼见着面前多了一个轮椅，司机先生非常老道地说：“后备厢有东西，放不下轮椅。”就这样，我再接再厉地继续招手，不算空驶而去的，停下后又以种种理由拒绝的就有三辆车子。拒载的理由无非是：去吃饭、交班、去加油等等。站在往来穿梭的车流旁，望着寒风中老迈的母亲，我不敢对视那双期待又无奈的眼睛，那眼神的慈爱中分明透着被嫌弃的失落。身为人子的我不能为母亲的出行分忧，突然觉得自己是那么弱小无力。怀着满心的愧疚，卑微弱小的我只能祈求上天为我们降下一位天使来。

天使还是有的，也真的来了。一辆出租车稳稳地停在我们前面，我诚惶诚恐地对司机说："您好，到 × × 医院，需要放一下轮椅。"看着我期待的眼神，司机爽快地说："别着急，慢点上来。"待母亲坐好，司机打开了后备厢，又下车来帮助我们把轮椅放好。终于坐进车里了，我们都大大地松了口气，并且深切体会到了"幸福"的意义。对于这位司机师傅，我不只是感谢，更是感激，而司机师傅对于我们的感谢只是笑笑说："谁家没有老人啊，我要是假装没看见，踩一脚油门也走了，我也有父母，谁都有老的时候，都有不方便的时候。"很快到了医院，司机帮我们取出轮椅，母亲下车后，我们一再地道谢，目送出租车离去。母亲感慨地说："好人还是有的。"

就这样，每次上医院换药的去与归，我们都在经历着同样的过程，犹如两场战争，我们在冷漠与拒绝中等待，心寒但并不绝望，相信总会有一个善良的面孔出现，事实上我们也总是能等到的。时间长了，打车对我们来说已经成了一种恐惧和折磨。后来天气渐渐暖和点了，晴朗无风的日子，父亲情愿推着母亲步行半个小时到医院，而不愿再看那些冷漠的脸色。冬末的阳光里还是透着些凉的，正如这对颠簸在路途中的老人的心。

年老，是生命的必经历程，没有人可以跨越。而对待老人的态度，则是衡量一个社会文明程度的尺度。“老吾老以及人之老”是我们耳熟能详的古代智慧，尊老爱幼更是妇孺皆知的基本美德。每一个老人，都曾经为所在的社会贡献了自己的青春、活力、知识和经验，他们的每一丝银发、每一道皱纹都镌刻着荣耀。那不再健朗的腿脚，不再挺拔的腰身理应得到我们晚辈的敬重与照顾，岂能让他们用大半生的辛苦最终等来的是心寒？终有一天，我们都将老去，不再拥有强壮的身体，不再有年轻人的速度与力量，我们的思维不再那么敏捷，记忆力越来越弱。那一天，我们的样子就是今天被你我称之为老人的样子；那一天的我们，会不会成为被厌弃的人？

特别感谢那些愿意为我的母亲，为千千万万个母亲打开车门的人，他们坚守的不仅仅是职业操守，更是心的良善。他们一个小小举动，抚慰了老人心中的落寞与感伤，带给老人的是寒风中的暖阳，是冷漠中的温情，更为这个社会注入了爱的期望。正如旷野里播下的一粒粒微不足道的种子，日复一日，必将绽放出一个花香四溢的春天。

哦，那一双眼睛

倚窗而立，望女儿渐远的身影，目送快活的鬼灵精头也不回地消失在悠长的街。那折不断的目光，带着爱与怜、不舍与牵挂，影子般地随了去。

母亲说，总会在我离家的时候，在玻璃窗后久久注视着我的背影，从我年少望到不惑，从她乌发如丝望到两鬓染霜。而我却未曾回望过，那双凝满爱的眼睛。

是啊，谁留意过母亲的眼睛呢？

多少年以前，年少不谙世事的我欢天喜地地飞出家门，自顾自地背着书包和小伙伴一起嬉闹奔跑，心思早已跳跃在孩子们的欢快世界，从未想到母亲那双为我的成长喜悦、为我的安全担忧的眼睛是那样不舍地追随着我的背影。

青春的我，用叛逆表白着成长，追寻着自我。无时无刻期盼着母亲视线外的自由天地。诸多的秘密仔细包裹在心里，母亲的眼睛已不易打探到真正的我。母亲试着靠近我的世界，我刻意而小心地拉远距离。对于显而易见的疏离，母亲慈爱的眼神里多了些疑问和失落，我的心里多了些得意。我和朋友们变着花样儿蹬着自行车飞奔在上学的路上，不知道隔着刚刚抛下的那扇窗里，依然有一双关切的眼睛随在我身后。

步入社会意味着真正的成熟。我第一次出门去工作，母亲的眼睛里写满欣喜，对于我的成人，母亲比我更自豪。母亲追着我嘱咐，到了工作单位要有礼貌、勤快、听话……眼看着就要挣脱缰绳的我哪里有心思听，满脑子都是自立的幸福感，没在意那背后的一双眼睛啊，看着养大的小鸟展翅腾空了，泛出幸福又恍然若失的泪光。

终于，要拥有一个属于自己的家庭了，我沉浸在爱情的甜美中，忙着筑我的爱情小巢，装修、东奔西跑地置办居家用品。母亲依着我们家乡的习俗，亲手缝制了好几床缎子被褥替代了我梦想中软蓬蓬的羽绒被，多少年后我才从精细的针脚中抚摸出母爱的温暖。距婚礼的日子越近，母亲的嘱咐越多，字字句句都透着不舍。哎，我的老妈呦，反正都住在一个城市，又没走远，经常可以回来呢，怎么弄得跟生离死别似的。我无法理解我的离家对于母亲来说，是这整个家庭的缺失，不能日日看到曾和她朝夕相处的女儿，母亲的生活不再完整。婚礼后，我带着满满的祝福走了，留给母亲几个落泪的日夜。

孩子是母亲最好的作品，每个母亲最大的荣耀莫过于有人夸奖孩子对于自己的超越。和母亲走在一起，每每得到夸赞，羞涩中总是透着掩饰不住的自得，从来没有注意过母亲眼中那份毫无掩饰的喜悦，直到有一天我身为人母，以同样的喜悦享受着别人对我女儿的夸赞。

我当妈妈了，为了照顾女儿，我们搬到了母亲家住。那几年，父母为我们倾注了全部的精力和爱，我也在做妈妈的过程中，体会着为人母的喜悦与操劳。当我哄睡女儿，疲惫不堪地歪在沙发上，母亲心疼地拿来一床薄被轻轻盖在我身上，我突然发现母亲那双充满怜爱的眼睛周围已经爬满了不浅的皱纹。从没在意过那些皱纹是何时爬上母亲眼角的，我第一次心疼母亲了，也第一次懂得了母亲。望着身旁酣睡着的女儿，又看看母亲，母亲对于儿女的安好永远是心满意足的样子。每个孩子的成长都是以母亲的衰老为代价的，一代一代，生命和爱就这样传承着。人，一边快乐着孩子的成长，一边接受着自己逐渐走向衰老，从惊恐到坦然，之所以坦然，是从孩子身上看到了一个崭新的自己，看到了生命的延续。

及至女儿大了些，为了生活方便，我们又搬回了自己家，新买的房子离母亲家很近，步行十分钟便到，甚至从母亲家的阳台上可以望到我家的窗。然而即使这样短的距离，对于母亲来说却依然是长的，每次从母亲家出来，她都会站在阳台上一直目送我进到小区大门，跟我说起这事儿的时候，母亲总是一脸的享受。

耽扰了父母些年，如今本想让他们享受清静的晚年生活的，然而他们似乎对清静不是很感兴趣，总觉得我们都不在，家里空落落的，静得吓人。慢慢地，我发现母亲在和我说话的时候，不再像从前那样爽朗从容，话语里多了些小心翼翼，望着我的眼神中增添了试探，甚至是不安。年迈的父母最怕的是孤寂，最想要的是子女的亲近。他们担心自己日渐羸弱的身体不再有用，唯恐自己的唠叨惹儿女不开心而招致厌烦和疏离。每当从母亲的眼睛里读到这些信息，我心里都不免酸酸的、痛痛的，后悔自己的任性和没有分寸的言语令她如此不安，怎能让一个为我付出一生的老人来向我乞求爱？我放下所谓的忙碌，放下敷衍的探望，给那双充满期盼的眼睛回馈我亏欠已久的爱。真的不需要做太多，只要耐下心来陪母亲说说话，拉一拉她那粗糙的手，你就会看到在她眼中漾着孩子般的快乐。

“知子莫如母。”这是母亲常对我说的一句话。不愿意让母亲担心，所以在外面遇到不开心的事，我总会调整好心情再进母亲家门。不知是我伪装得不够好，还是母亲的目光太犀利，总之没有一次不被她识破的，每逢此时，我通常会把满肚的委屈和苦闷一股脑地倒给母亲，甚至哭上一场，母亲会静静地听，再默默为我递上一条毛巾，说：“不怕，有妈呢。”或者，我仍佯装无事，母亲也不追问，不声不响地做些我喜爱的食物，让美味安慰我的肚腹。

如今的我不再害怕孤独。我知道无论行走于坦途还是辟谷，都有母亲一双慈爱的眼睛关注着我，那熟悉的目光是山阻不住、海隔不断的，为我的幸福而喜悦、为我的悲痛而担忧。当我用灰心失意的壳冰封了伤痛的心，母亲关切的眼神总会轻轻地播入一束光来，心在温暖中萌动出希望，蜷缩在角落的我又重新启程。无论得意与失意、成功或挫败，我清清楚楚地知道，在我出发的起始点，母亲的眼睛为我照亮着前行的路。母亲的眼睛，是我心深处一盏不灭的灯。

母亲的眼睛，如一眼明澈的深泉，终其一生汩汩流淌着质朴而无私的爱，没有轰轰烈烈、没有惊天动地，柔声细语地陪伴着儿女的悲喜冷暖，从不抱怨、永无疲倦，直到生命枯竭。

生命中最贵重的馈赠

有朋友说，真佩服你，遇到那么多难处，别人也许早就垮掉了，你却从来没有放弃过自己。我笑曰：“吾乃不倒翁也！”

可是谁说我从来没有放弃过自己呢？既食人间烟火，自会有情绪的波动，一次次打击也令我灰心丧气，甚至不止一次想过离开这个尘世以解脱自我。但是，这样的情绪最多只让它左右我三两天，好比摔个跟头哼唧几声，哭上一场，而擦干眼泪、包扎伤口（甚至都不包扎）后，还会带着满身泥泞继续赶路。就这样一路摔摔走走，用心中的骄傲面对所有的嘲讽、质疑和鄙夷，因为我相信用自己不懈的努力定会得到上天的眷顾与祝福，一切都会好起来的，我要用结果给予他们回馈。之所以如此自信，是因为骨子里的不甘沉沦与平庸，和那一颗倔强好强的心。当我每次跌落于人生低谷，绝望中总有一个声音由心底发出：“不可以，不可以自暴自弃，因为你是梁家的孩子，梁家的孩子是应该优秀的。”是啊，什么都不为，只为是梁家的孩子，我就没道理不努力，只这一个理由足矣。

要说起来，梁家从来都不是什么名门望族，一乡村小户而已，没有祠堂族谱，也未闻祖上有半点风光，前辈里，要算是父亲最有成就了。父亲没有富甲一方，非达官显贵，也无缘书香，而是行伍一生的军人。部队生活的磨炼，将一个没有多少文化的农村穷小子蜕变成一个英姿飒爽的军官，不仅打造出他健壮的体魄，更历练出他坚强的意志和耿直的性格。直至今日，年过七十，又经历了两场手术的他，依然有着直挺的腰板和如飞的健步；最爱穿的，依然是那穿了几十年也不厌倦的绿军裤。他说，那是军营馈赠给他的礼物。

我总揶揄父亲，说他唯一的优点——高个子没有遗传给我，身材上的缺点毫无保留地拾掇在一起，赠给我一个大礼包。我每次揽镜自顾，没有在里面发现一个芭比娃娃似的窈窕女子，准会嗔怪道："爸，都怪你！"父亲则得意地坏笑一番。

其实，从小到大，父亲一直是我的骄傲呢。父亲并不富有，没有房产、钱财送与我们，当他看到我们姐弟辛苦地偿还住房按揭贷款时，会觉得亏待了孩子们，不能施以援手。他实在不知道，他馈赠给了我们姐弟多么贵重的礼物。我们的身体里流淌着他军人的血液，拥有着他军人的风骨，让我们在无论怎样的境地里都能自强不息，保有一颗善良诚挚的心。那是不会因日子久远而会朽坏的，丢不掉，夺不走，不因物价上涨而贬值，不因天灾人祸而损毁，它将如影随形地伴我们一生。

我四岁那年，和弟弟一起跟着母亲随军来到父亲服役的军营，在一排排营房、一片国防绿中度过了我的童年与青春。那是我最幸福的时光，也是塑造我脾气秉性的地方，我为所得到的这一切而感恩。

父亲对我们甚少言传，更无家训家书，而多是身教，他为人处事的点点滴滴，他的努力和优秀在不知不觉中滋养着我们稚嫩的心灵，并留下深深的印记。

父亲负责所在部队的后勤工作，管理的人员与事项都琐碎纷杂。我家住在一栋简易两层小楼的一层，从我很小时候起，只要是父亲在家，大门总是敞开着的，不停地来客人，电话铃声也难得消停，有来汇报工作的、办事的、反映问题的，甚至来争吵的，我们家人都习以为常了，我也在这样的人来熙往中不知不觉学得了父亲待人接物的落落大方，而这非刻意的教育，使我在成年后的工作中，从不惮于在任何场合与任何层面的人打交道，无论面对何等地位的人物也不会卑躬屈膝。

父亲出色的工作，超负荷的付出，得到了广大官兵及驻军家属的认可，虽然他的工作时常是要得罪人的，但因他的耿直与热心，依然赢得了官兵及家属们的敬重。

不记得是哪一年的国庆节前夕了，为迎接一次小小的阅兵，常能在操场上看到父亲带领着战士们列方阵、走正步，那英武的身影，那坚毅而自信的目光令我自豪，小伙伴们和过往的叔叔阿姨都会因此而多看我一眼，仿佛那领队的是我。做父亲的女儿好开心。

那些年，父亲从来没和我们一起过过年。除夕之夜，父亲总是握着一只硕大的银色手电筒，带上一队战士们沿着大院围墙去巡逻，每次临出门时，母亲都会担心他穿得不够暖和而受寒，也依稀记得母亲那不舍的眼神。大年初一，父亲必定在值班室，我们和父亲团聚的方式，是腻在他值班室玩耍。与父亲坐在家里吃年夜饭，那是他退居二线及退休以后的事了。

一九九一年年初开始，整个大院从郊区向市里搬迁，除了办公设备，还有全部的官兵及家属和他们的家当。如此浩大的工程，领导又找到了已退居二线的父亲负责搬迁工作，父亲二话不说就走马上任了。这项工程历时几个月我已记不清了，只记得我家是最后一户搬到市里新大院的。那个暑假，我经常搭便车到新家来，趴在窗前看一辆辆的大卡车载满家具气派地丢下一缕尘烟拐进大院门，我会顺着车行的方向去揣摩又是谁家搬来了，而可以肯定的是，绝非我家。一年前我已经从郊区转学到市里了，借住在别人的一处单元房里，眼看还差两天就要开学，看到别人的新家都拾掇齐净了，我守在空空的新房子里放声大哭，邻居叔叔过来安慰我："放心吧姑娘，不会耽误你上学的。"借那个叔叔吉言，开学的前一天，我们的家什终于运来了，我如愿以偿地结束了借宿生活。

因家境贫寒，父亲入伍前只读到高小，到部队提干后在一个科研单位工作，虽然是做后勤管理，但依然为自己的文化底子薄而心有压力。于是他边工作边学习，更是注重我们姐弟的学业。父母对我们学业上的支持，不是严管勤督，而是给予我们宽松的读书环境，从来没有限制过我们读自己喜爱的课外书，也正因如此，我们姐弟现在所从事的工作，都是自己少时的爱好。父亲退居二线后，因多年来的为人和工作得到大家的认可，又到科研室任副职，协助管理非科研事务。整日泡在科室与诸多研究生、博士生相处，耳濡目染，父亲对电脑产生了浓厚的兴趣，于是他今天向人家请教点这个，明天问人家点那个，竟是学会了不少。父亲的勤劳与好学赢得了大家的尊重，也经常有人主动教他些东西，一来二去，成了我家半个电脑专家。父亲彻底退休后，依然执着于电脑，说来惭愧，我的电脑出了问题，还要求助于父亲呢。

还记得小时候，父亲每四年有一次探亲假，那时候的人们还没有唯孔方兄为尊，我们跟在一身戎装的父亲身旁走在村子里，颇有衣锦还乡的感觉，在乡亲对父亲的敬重与认可中分享父亲的荣耀。有人会说，这不是虚荣吗？可是，如果这荣耀来得正道，为什么不值得我们自豪呢？难道优秀不是一样好事吗？优秀的人一定具有优秀人士的特质，如一个磁场发散出吸引力，那是满满的正能量。而我从小看到大的这一切，都使我从心里认定，人是要优秀的，尤其是父母。好的家风家传是父母送给孩子最佳的礼物，一个真正优秀的父母必定是子女的楷模。在我有了女儿后，更是执着地认为，为人父母是要让儿女引以为豪的。

父亲的进取与优秀，不只是我们姐弟，也是我们这个小家族的骄傲，晚辈们不仅为之自豪，更是争相学习。还用说什么呢？父亲的一生就是一部无字的励志书。

十八岁的礼物

妈妈将一只柔粉色的毛绒小熊送到我手里，足足有一个环抱那么大呢，那是我得到过的最贵重的生日礼物。那一天，是我十八岁生日。

转眼已经从郊区转学到市里近一年了，家还在郊区，我独自在市里辗转了三处住所。起初借住在一个远房亲戚家里，他们家有个和我年纪相仿的女孩，按着老家的辈分，我是该管人家叫姑姑的。这个小姑姑在大人的一再劝说下，终于同意我住进她那漂亮的房间了，并且在后来的日子对我照顾有加，相处融洽。一家人其实对我都很好，可是我总有一种寄人篱下的感觉，处处觉得自己是个外人，很多年后我才懂得，实在是自己内心自卑使然。可是他们一家是不把我当作外人的，说话处事样样像对待自家孩子，并不刻意留心，所以终于有一日一件如今看来不值一提的小事触动了我那弱弱的自尊心，我是说死也不在他家住了。如今想来，我的执意离开定是伤了亲戚的心，毕竟他们为我做了那么多，最终却没落得个好。我只能在这里说声谢谢并致歉了。

搬离了亲戚家，我又住进父亲单位在市里一处宿舍的地下室。要走一段很深很陡的楼梯才能到达下面，右手边是男宿舍，我在对面的女宿舍安顿下来。这一间大约十五平方米左右的屋子里，我和我们同一个大院里的姐姐是常住的，她也是在市里上学，还有一位阿姨每周来看她住在对面的儿子时暂住一下。地下室里没有厕所、暖气和水。冬天难熬得很，去厕所和打水都要到上面，夜里一个小女生打着手电筒去黑乎乎、偏僻的公厕需要莫大的勇气。深冬之时，露天的水龙头被冻住了，要先用点热水浇开才能用，而在那样的严寒中洗刷锅碗后才真正领悟了“刺骨”的意义，之后还要捧着红萝卜般的手瑟缩在没有暖气的地下室里。所以，冬天放学后，我总要在学校逗留好久，不是我好学，是怕冷。暖心的是，父亲同一科室的陆伯伯家就在那栋楼住，他的夫人和女儿常常抱着热水袋给我送去，也有幸享受了阿姨的不少美食，这些都是我永不能忘记的。

地下室的夏天据说更难熬，被褥总是潮湿的，有时房顶和墙壁还会渗水，幸运的是我没体验过，夏天之前我就搬到旁边一栋楼房的一层去住了。那是父亲同事不住的房子，借给我和另外一个女孩住，我们俩分住在两个房间。那个女孩行踪不定，我基本没见过，多数时候是自己一个人。虽然还是要自己照顾自己，但居住条件大大改善，我已经很知足了。

住所一再搬迁，我的学习成绩却是纹丝不动，稳居全班倒数第三名。从前那么多年，我的学习虽说不是特别优秀，可最坏的排名也在第十五六名左右，但转到市里这所学校，第一次摸底考试我就是倒数第三名。这样过山车式的落差，把我打击得连努力的念头都没有了，这样的名次让我怎么去追，又如何追得上呢？是啊，倒数第三又怎样？不是还有倒数第一呢吗？（多年后，和我们大院的其他同学聊起来，才知道，由于我们大院整体从郊区搬到市里，大家在转学后都遇到过这样的境况，郊区和市区的教学质量还是有不小差距的。好在我们都有一颗不甘落后的心，最终大家都迎头赶上了。这是后话。）

这期间开过几次家长会我记不得了，对于极其注重学业又很要面子的父母亲来说，每次家长会上他们有多么难堪我是心知肚明的，起初还有内疚感，后来就漠然了。幸运的是我有一个好班主任杨洮老师，他有着极高的教学水平和极严格的班级纪律，同时又对班里的每一个同学一视同仁的好，不论你是正数第一名，还是倒数第一名，让我在最自卑的日子里不曾缺少关爱；幸运的是我有疼爱我的父母，他们心疼我小小年纪就独自生活，因此放下了面子而不忍责备我。

我和弟弟都在市里读书，弟弟住校，我四处借住，我们姐弟周末回家。父母通常等不到周末，一有机会就坐大院里的班车来看我，妈妈总会给我做一顿可口的饭菜，带许多日用品和食物。看到他们宠爱的女儿在生活上如此遭罪，什么成绩、名次、面子都不重要了，他们只怕我心里委屈，只要我能够健康就好。

就在我十八岁生日前不久，刚刚又开过一次家长会，我想父母心里是失望的，尽管他们不说。生日这天，知道妈妈特意从郊区的家里赶来看我，见面前心里有些忐忑，总觉得无法面对她。妈妈来到我的住所，送一只绒毛熊与我为伴，为我煮了生日面，只字未提与学习和家长会有关的事，直到离开，我从她眼睛里读到的都是满满的疼爱。

当时，我不记得有什么感动，内心起了什么波澜，或是下什么决心，立什么志向，就是觉得妈妈真好。鬼使神差一样，在随后而至的暑假里，我自己甚至连个计划都没有，就把过去整个一学年的两本数学课本上的所有课后习题从头到尾做了一遍。再开学第一节课又是摸底考试，我的数学竟然考了九十八分。老师也感到突然，以为是碰巧而已，但接下来的几次考试我依然是高分，更奇怪的是，我的语文成绩跟着也上来了，老师和我皆释然，父母有多开心是不言而喻的。自此，我的学习成绩再没有掉下来过，直到以优异的成绩毕业。

那只粉色毛绒小熊，随着我工作，随着我为人妻、为人母，直到今日，从未离开过我。

四〇后的爱情

“想听一听你们的爱情故事呢。”我对倚在床上养病读书的妈妈说，然后就赖在床边，摆出一副不达目的决不罢休的架势。妈妈不假思索地掷给我一句爽脆的话：“我们哪有爱情啊！”

也是，零零星星地听他们讲过些恋爱时的片段，那个年代村子里羞涩而扭捏的爱情，曾觉不可思议，曾取笑过，也为太多他们未曾拥有的花前月下、卿卿我我、温情拥吻而惋惜过、不平过。那是个禁欲的年代，爱被禁锢，情被扼杀，与爱情有关的一切皆被视作毒草切割了出去，爱情这个字眼似乎人间蒸发了。我为自己有幸躲过那个年代而庆幸，也为我们能够拥有绝不亚于任何发达国家的自由表达爱的方式而得意，这才不枉青春一场。只是，当我经历并耳闻目睹了如今太多家庭的同床异梦、分崩离析，得知让我都无法理解的闪婚闪离后，再回过头来看看父母辈们磕磕绊绊、平平淡淡却能白头偕老的婚姻，我特别想知道，为什么？到底是为什么不曾恋爱过的婚姻竟是如此安稳长久？这次我没有丝毫的猎奇心，只想静静地听妈妈讲。

恋爱

在母亲十五岁那年冬，由亲戚牵线说媒，爷爷带着十七岁的父亲走了八里的乡路到我姥姥家来相亲。见面寒暄后，两人被单独安排在另一个房间相互了解，他们分坐在炕两头，间隔着一炉火，父亲刚刚在路上冻红的脸在炉火的映照和烘烤下越发的红，用母亲的话说那脸又圆又红像个红薯。两个人的心咚咚地跳，目光和手都不知道安放在哪里好，隔窗不止有耳，还有趴在窗外窥伺的若干双亲戚好友的眼睛。偷看了一眼两根长辫及腰的母亲，父亲很够男人地打破了沉默，且直奔主题："你觉得我行不行？"母亲言简意赅："怎么不行。""就是这样吗？没再问点别的？"我对两句话就定了终身比较诧异，母亲则肯定地点点头。我又问刚刚也加入进来的父亲："您当初为什么喜欢我妈？是因为漂亮吗？"见过母亲年轻时的照片，真的是个美人儿呢。父亲略加思索说："那时哪儿想那么多，就是觉得人家都找媳妇，自己也应该找一个，看着你妈挺可爱的，觉得就是她了。"我问母亲喜欢父亲哪一点，母亲说感觉父亲还是挺有男子汉气概的。哦，原来你们是一见钟情啊！父亲走后，一些亲戚告诉母亲说父亲家穷得很，嫁给他会吃苦的，母亲不为所动，最为佩服的是我的姥爷，他力排众议，认为父亲长有一脸福相，定有前途，于是一个月后就定了亲。

从此开始了他们的恋爱。母亲能歌善舞，经常随着宣传队演出，在那个通信手段极其落后的年代，父亲总能神奇地得到母亲演出的消息，而后约着小伙伴们走上八里乡间土路风尘仆仆地赶去观看。到了地方，父亲总要远远地找个角落悄悄坐下，生怕被熟人瞧见，等到母亲上场，小伙伴们就会对父亲说："快看，来了来了。"父亲当然早已看到，看着舞台上蹦蹦跳跳的可爱姑娘是自己未来的媳妇，心里有说不出的美。演出结束，趁着没有被人发现，父亲赶紧就溜走，更不用说和母亲约会了。不过父亲还是能被眼尖的熟人发现，过不了两天父亲去看演出的消息就会传到母亲那里，母亲故作嗔怪却难以掩饰心中清泉般踊跃着的甜蜜。父亲成了母亲的铁杆粉丝，为自己寻找着各样能看到母亲的机会。我们家乡每隔一定时间会轮流在不同的村子举办市集，叫作"会"，母亲村子里的"会"总不会漏掉父亲的身影，他依然不敢近前，只是悄悄地保持着一定距离尾随着母亲，远远地看便已心满意足了，母亲也依然是在过后才从闺蜜们的嘴里听到此事。他们的恋爱就像天上的太阳和月亮，始终保持着距离，只是远远地望着、欣赏着，心里悄悄地甜着，朦胧而神秘。

终成眷属

父亲二十岁那年参了军。父亲家里经济条件不好，兄弟姐妹又多，当兵是他一直以来的愿望，只是作为家中长子、主劳力去参军颇费了一番周折，不过终于还是如愿以偿了。母亲为此事也是非常高兴，那时候的女孩子对军人是相当崇拜的，能够嫁给军人是很自豪的事。知道父亲就要走了，母亲去了和父亲同村的姑姑家里和父亲见了面，没有儿女情长的甜言蜜语，只是鼓励父亲到了部队要好好工作。父亲说："如果我少了胳膊腿的怎么办？"十八岁的母亲给父亲吃了颗定心丸："一样跟着你。"

带着母亲的承诺和母亲亲手缝制的一双鞋垫，父亲开始了他的戎马生涯，这一走就是四年。四年间，母亲多了一份牵挂，父亲添得一份思念，牵挂与思念只能寄托给一枚小小的邮票，于是这枚邮票就成了每个月最温暖的期待。捧到的几页信笺依然是仅仅谈论着工作，爱恋羞涩地隐身在墨香里，不过这就足够让自己面红心跳了。我问母亲："你们是不敢表达爱，还是羞于表达？""都不是，那时候根本就没有那个念头。"母亲幽幽地说。他们认为人到了一定的年龄就是应该谈婚论嫁的，订了婚就是未婚夫妻了，自然多了一份亲情在内。父亲也说，只知道亲，不知道爱情。然而爱情不是千年的礼教和旷日的灭欲宣教与压制可以扼杀的，爱情本是造物主赋予人的固有特性，已经深深地烙印在灵魂里，流淌在血液中，不是人的力量可以夺取的，所以父母虽然不晓得"爱情"这个字眼，却不难看出他们之间通过最质朴的思念与关爱流动着的他们自己都意识不到的爱情暗流。

四年后，父亲第一次回乡探亲，母亲专程去看望父亲，那一日，他们所谈的依旧只是工作和相互间的鼓励。之后又是漫长的离别与鸿雁传书。这样过了两年，父亲已满二十六岁，向部队提出的结婚申请被批准了，于是父亲回到了家乡筹办他的婚事。

娶亲那天，一身戎装的父亲和他的几个战友及儿时伙伴蹬着自行车去迎娶母亲，聘礼是三块条纶衣料。出现在父亲眼前的母亲身着自己缝制的紫红条纶上衣和藏蓝色华达呢长裤，嫁妆则是四挂刺绣门帘及六块家织的土布。母亲坐上父亲自行车的后座一路颠簸着成了父亲的新娘。我笑父亲说：“爸爸您用三块布料就把我妈骗到手了啊！”度过十二天的蜜月后，父亲假期已满，便又回到了部队，继续分居两地过着鸿雁传书的生活。母亲说，婚后心里就有了“亲”的感觉了，思念得也就更紧些。

好在婚后每年可以有两次见面的机会，父亲回乡一次，母亲去探亲一次。一年后母亲在北京怀了我，之后就回家乡修养了。生我的时候，父亲仍在部队工作着，没有丈夫陪伴的母亲心中甚是委屈却也无奈。在我四个月时，母亲独自抱着我乘坐八个小时的火车来到北京看父亲，也是让父亲看看他的孩子。父亲说他看到我的第一眼还有些害羞呢，也不敢抱我，又紧张又激动。

两年后，弟弟又出生了，母亲独自在家乡一边抚养我们姐弟俩，一边下地种田，通常是背着弟弟牵着我在农田里劳作，其中的辛苦可想而知，也为此落下了一身的病痛，直至今日。母亲心中自然是有委屈的，但是为了不影响父亲的工作，她选择了隐忍，眼泪也只能留给自己了。虽不抱怨，远方的父亲也能够体会到，只是身不由己，除了心疼与挂念也别无他法。

也有风雨也有情

这样的婚后两地分居生活持续了八年，母亲得以随军，我们一家四口终于可以长相守了，开始了母亲所期盼的寻常人家的生活。我和弟弟进了机关幼儿园，母亲开始在父亲单位打零工。由于初来乍到，体弱多病的母亲只能做和水泥、砌墙的重体力活，甚是辛苦，父亲更是万般心疼、体贴，不擅用言语表达爱意的他工作之余默默承担起不少家务活儿，这对母亲也是莫大的慰藉。又过了两年，母亲有了正式工作，不再那么辛苦，收入也稳定下来，家里的生活有了起色，虽不富裕却也其乐融融。

大概也就是那时候，我比较记事了。从我记事起，父亲一直就是个忙碌的父亲，印象最深的是每年春节，万家团聚的除夕夜，父亲一定是不在家的，值班是他永远的年夜节目。小时候总觉得父亲好了不起，看他在年夜里带领一帮小战士打着特大号的手电筒沿着大院围墙巡视，真是很威风。我没在意母亲的失落，大了以后我才懂得，在那样的一个时刻，哪个女人不希望自己的丈夫陪在身边呢？母亲依然是用中国女人的隐忍来支持父亲的工作，把失落藏在了心里，只是一遍遍叮嘱父亲："注意安全啊，多穿点，别冻着。"

父亲的工作越来越忙，应酬也越来越多，家里逐渐多了些不平静，开始了他们许多年没有休止过的争吵。吵架的主题恒定地只有两个——抽烟与喝酒。起初是父亲每次应酬回来总是酩酊大醉，虽不打闹，却是异常亢奋地说啊唱的，母亲一次次为他醒酒、规劝，只是毫无功效，父亲依旧大醉而归。时间长了，母亲终于压不住怒火，硝烟顿起，隔三岔五地上演。再后来，父亲的心脏出了些问题，于是母亲开始了她旷日持久的禁酒禁烟运动，只是成效不大，父亲从公开转入了地下，两人时不时地进行着侦查与反侦察。一番争吵之后，通常是以母亲的泪和父亲的悔结束这一轮较量，然后等待暂时几日平静后硝烟再起，就像是一座一座翻不完的山，看不到终点。对于他们的争吵，小时候的我是怕、是哭，待得大了几岁，尤其是进入青春期，就是厌烦和生气了，好想逃离这个家，再也不要听那些声音。

然而争吵归争吵，母亲照旧把家拾掇得利利索索，父亲照旧按月把工资分文不少地上交母亲大人。少不更事时，每逢父母吵架，看到母亲哭，我总会偏向母亲，然而母亲是不允许的，父亲不在家的时候，母亲会很严肃地告诉我不要掺和他们的事，免得父亲伤心，说得我一肚子委屈，直到自己也为人妻为人母方懂得当初母亲的良苦用心。

无休止的争吵被父亲的退休打断了。一个整日公务缠身的人不要他工作是件极其残忍的事，没有了办公室和接不完的电话，家中亦是门庭冷落，更不用再为没完没了的应酬烦心了，父亲像是突然被人遗弃在了荒原上，孤独无助、万般失落，一下子没了精神，顿觉衰老了许多。母亲看在眼里自然更是疼在心里，自此但凡天气晴好，都会陪父亲到不同的公园散心漫步，渐渐地父亲喜欢上了摄影，照来各处的花花草草，又自己学会了用电脑制作电子相册，把他的作品刻好一张张光碟让我们大家来欣赏。母亲知道父亲是个闲不住的人，于是又建议他去放风筝，他们一起买来各式的风筝到公园或广场去放飞，很快父亲就爱上了这项活动，并成了这一带的风筝高手。就这样，大概用了一年的时间，父亲又恢复了往日的精神，安享起他的退休生活了，母亲也松了一口气。这是我记事起第一次切身感受到他们的恩爱。

只是争吵依然是有的，不过是换了主题而已。两个人每日在家四目相望，每一个细节都可以成为争吵的导火索，而有些起因让我觉得匪夷所思，这么点事也算个事？他们固执地坚信对方才是不讲道理的，我则认为他们的道理都是讲不通的。有时候我在想，他们都吵了一辈子了，还要吵到啥时候是个头儿呢？父母基本没有什么共同的爱好，父亲好动，喜欢户外的世界；母亲爱静又体弱，所以是不太喜爱出行的，他们大部分时间都在各自忙着自己的事，对此他们也相互抱怨、不满，时起摩擦。对于年轻人露骨的秀恩爱、说情话，母亲起初是看不惯的，渐渐地眼神中多了些羡慕，追忆起她和父亲的青春来，总会幽怨地念叨：“我们没有爱情呐。”是啊，我很少见到他们之间比较柔和的对话，更不用说亲昵了，对此我也只能在心里一声叹息，唉！这样的婚姻岂不是很痛苦？

但是近两年父母的轮番住院手术却实实在在地让我看到了一对老夫妻相濡以沫的爱情，真的是爱情。首先是父亲做了个小肠疝气手术，手术后的他面无血色，声音虚弱，一向腰杆笔挺、步履如风的父亲突然倒在了病床上，犹如一匹被困的战马动弹不得，他自己和我们都难以接受。最为揪心的自然是母亲，几个小时一步也不离开父亲，第一次看到他们的手紧紧拉在一起，母亲那么温柔地安慰着父亲，如同在哄一个受了委屈的孩子。从未见过父亲的眼神那么无助，如果母亲一时不在他的视线内，他就会用目光四处搜寻，轻呼母亲的名字，直到母亲又出现在他视野。母亲每天都要去医院探视两次，我劝也劝不住，偶有我独自去探视的时候，父亲的眼神总会往我身后找，我知道他是在找母亲，看不到母亲多少有些失落，母亲给他的慰藉不是我能替代的。一年多后，母亲左脚脚踝骨折，在医院打了钢板，父亲同样是一日两次探视。母亲出院后，坐了三个月的轮椅，从前基本不做家务的父亲也学会炒两手好菜了，粗线条的他突然心细了起来，百般体贴地照顾着母亲。每次出门换药或是推母亲在外晒太阳，轮椅是一定要父亲推的，母亲说我没有父亲推得安稳。仅隔半年，父亲因心脏问题又住进了医院，装了两个支架。那时候母亲的脚还没好，只能慢慢地行走，但她一定要去看父亲。

由于父亲手术后住在重症监护室，探视时间是极其严格的，一周只有两次，且只能进入一个人，我知道父亲最想见到的一定是母亲，就把机会留给母亲了。看着满头白发的母亲蹒跚着步履费力地往里走，想着父亲见到她会是多么的欣喜和心疼啊。一个小时的探视时间，母亲会把最后的十分钟留给我，让我陪父亲说说话。

近两年，家中真是不太平，父母身体都出了状况，然而也正是这两年、这些不幸，让父母更加恩爱体贴了，也让我对爱情这个字眼重新审视了一番。记得有一次在医院，父亲推着轮椅上的母亲在走廊里，这两位满头银发的老人使得不少过往的人羡慕起来，不约而同地感慨着，人只有到了这个年纪才知道什么是真情啊！现在还有多少人能一起慢慢变老呢？有朝一日能有此情此景则此生足矣。想着父母亲在医院相望的眼和紧握的手，想着他们日常的磕绊争吵与无言的近乎本能的关怀，我在想，到底什么是爱情呢？父亲曾说过："只知道亲，不知道爱情。"我并非是在为那个禁欲的年代辩护、唱赞歌，也不喜欢没有爱情的婚姻，只是想着父亲的话，思索着父母一生的情感，我想爱情应该是一朵花，亲情是这花的根茎，没有爱情的婚姻如没有花朵的根茎，缺了瑰丽和馨香；没有亲情滋养的婚姻则像失了根茎的花朵，虽艳得一时却会过早枯萎。四〇后的婚姻里自始至终贯穿着亲情的脉络，爱情的花朵小小地、极其低调地开着，不起眼得连它自己都忘记了，然而确又实实在在地存在着，虽不绚丽，却因亲情的滋养茁壮着，经得了浮华，经得了风雨，直到生命的终结。

爱在冰上起舞

周末又带女儿去滑冰了。

爱的力量真是大得难以置信，若非为了女儿，生性懒惰胆小的我是无论如何也不会在年逾不惑之时学会滑冰的。记得唯一一次“触冰”还是在刚刚二十出头时，只那一次经历就断了自己学滑冰的念头，之后每逢冬日，我只有无比艳羡地看人家在冰面上潇洒自如的份儿。

这个冬季漫长而难熬，一冬也没盼来场像样儿的雪，女儿实在不愿意在一派萧条的公园里瑟缩着游逛，天天去泡图书大厦着实单调了些，可我又琢磨不出什么新花样儿来，日子就这么一天一天过去了。

转过年，得知五棵松体育场新开了个冰世界，我立马儿来了神儿，从网上团购了门票，捡了个没风的午后陪她一起去玩儿。本以为那是一些冰滑梯、冰雕城堡之类的娱乐项目，进门了才发现那只是一处极大的溜冰场。我们两个都不会滑冰，也没想过真正去学。

看得出女儿的失望，我们都心生退意，只是票都买了，心疼花出去的银子不说，更不愿白白地跑一趟扫兴而归。于是我建议给女儿租个冰车玩儿一会儿算了，女儿半点儿兴趣也没有，摇摇头，然后幽幽地来了句："还是穿冰鞋吧。"这实在出乎我的意料，心里一点准备都没有，但想着女儿主动提出去尝试新的事物，且又可以多一种生活经历，我是必须要支持鼓励的，至于结果是什么，我没去想，在我看来这过程本身就是一种成果。所谓的"支持"就是亲自上阵作陪练，我把畏惧悄悄揣在心里，决定穿上冰刀在冰场上走一遭，有点舍生取义的凛然感。

我们披挂上阵了。看着溜冰场中动作优美自如的小孩子们，我紧紧攥牢扶栏，小心吃力地往前挪动，脸上有些挂不住，场外那么多家长在看着呢，我这笨拙的样子是否很丑？但我不放心让闺女自己在这里，只得坚持下来。管他呢，好歹我是上场了呀。倒是女儿没什么顾虑，放下心来练习。我们和一众初学之菜鸟一同溜边扶栏来回挪动了几趟，已觉腿酸气喘力乏，掏出手机一看，已经玩儿了二十多分钟了，心里稍得安慰。唉，不管怎么说也算是滑过了，没摔即万幸，见好就收吧。

准备撤的时候，又有些不甘心了，突然鼓起勇气松开扶着栏杆的手，竟然站稳了。女儿是不肯落后的，见状也依样尝试，几下就学会了。我们突然得到鼓舞，走的心暂时收起，然后又试着不扶栏杆挪两下步子，就这样沿着冰场边缘，时扶时不扶地走了好一阵子。

我有点不知足了，刻意让自己离扶栏更远些，先站稳了试试，然后原地慢慢转身调换方向，感觉自己已经能够完全在冰面上站稳了，又试着向前走，竟然稳稳地走出七八步，这是真正的"得寸进尺"

哎。发现了好方法，我想我是可以教会女儿滑冰的，便叫女儿也依同样的步骤练习。我像一个资深教练一样，告诉女儿方法并同时示范，我可以感觉到自己内心里有一股坚毅的力量让我发声：“没问题！转身！往前走！没问题！”诧异于自己的语气不容置疑地笃定，我相信她一定行。女儿竟是很快就掌握了，越走越勇，并且走在了我前面。我们扶着自己的信心，走过了一处大约五米长没有扶栏的豁口，这一个小小的成功带给我们小小的喜悦及更大的信心。

女儿招呼也没打一个，突然间向冰场中央走去，我也豁出去了紧随其后。一切都是那么顺利，我们对视而笑，心中的喜悦碰撞在一起。还得说孩子掌握得更快，不一会儿，女儿已经可以滑出去一段距离了，我还只能在冰上鸭子一样一扭一扭地慢慢走。

一个半小时候后，我们走下冰场，收获了满满的自信。实在没想到可以学会滑冰，更没想到第一次来冰场我们就能够去到冰场中央。我问女儿：“不觉得自己很棒吗？”女儿扬起那因冷、热与兴奋聚在一处而彤红的小脸说：“没想到我第一次来就学会滑冰了，我更自信了。”眼角和嘴角都向上勾出弯弯来。我相信这样的经历胜过任何励志鸡汤，胜过任何说教，无论是对女儿还是对我。

一直笃定地认为自己是个缺乏运动细胞的人，身体笨拙、平衡能力差，平日里但凡和扭动身体有关的事情（比如跳舞）是绝不敢碰的。哈，原来我也可以，我心中潜藏多年的这种自卑就这么碎掉了。原来，我们每个人的体内都蕴藏着巨大的能量，却被我们有意无意地禁锢住了，这能量就是爱，你越用它越强大，它像酵一样可以壮大到不可思议。我相信爱不仅仅给予我内心勇气，更是对我体力的突破，那力量不是自有的，而是因爱而生的崭新的力量。

若非因为爱女心切，我岂会踏上冰场？因为爱，我告诉自己只能行、必须行，就真的行了。如今，我们母女一同在冰场上，女儿已是我的老师了，还会时常给我些鼓励。感谢上天给我一个如此好的女儿，给我一个提升与完善自己生命的机会。爱在冰上起舞，在生命中飞扬，和女儿一起成长的感觉真好！

孩子的星星

若说这世界上最为明澈的，莫过于婴孩的眼眸，纯净得不曾沾染一星杂尘，晶莹剔透如晨间的清露，这是造物主的馈赐，是从总也走不到尽头的宇宙中为每个孩子捡来的两颗最最明亮的星星，随着一个个新的小生命飘落于凡尘之中，开启这一世的旅程。

婴孩眨巴着一对晶亮的眸子，望到了一张温馨的面庞，每天这张好看的脸都会给她许多个甜甜的微笑，她把这美丽的面孔和蜜一样甜的微笑装到他那对星星里，并且在心里给她取了个名字叫作“妈妈”。

婴孩一天天长大，快过了院子里新栽的柳树。大大的眼睛也闪出愈加明亮的光芒，她看到更多可亲的面孔来亲亲她的小脸蛋儿，或把她揽于怀中，嘴里发出奇怪而好听的声音。她把这一切美妙也装在她的小星星里面，就把这些叫作“关爱”了。

在终于能够坐起身的时候，她惊讶地发现了一个更大的世界，兴奋地用眼睛捕捉着四周的一切，琳琅满目的物品大大小小、奇形怪状，流溢着缤纷的色彩，她好奇地把目所能及的一股脑收进他的小星星中，给这些不知为何物的家伙们取了个名字叫作“美好”。

婴孩迈开了稚嫩的小腿，闯进儿童的世界，跌跌歪歪地探寻她自己的天地，空药盒、小手绢、瓶子盖、卫生纸……样样都是她探险得来的宝贝。大人把一堆花花绿绿的玩具放到孩子面前，摆弄着说：“来，玩儿这个，这可是名牌哟，好贵呢，不是每个小孩子都能有的。”孩子看也不看，一股脑推开，继续陶醉在她那些一文不值的宝贝里，玩儿得不亦乐乎。想必每个妈妈都困惑过：那些破烂有什么好玩呢？只是在孩子的眼睛里，喜欢就是没有缘由地喜欢，谁有心思去管价格和品牌。孩子的小星星里，满是纯真和美好，没有一粒虚荣的尘埃呢。

小孩子一天天长大，陶醉于一堆五颜六色的图画书，喜欢赖在妈妈臂弯里听《狼来了》的故事。每次妈妈拉长声音喊：“狼来了——，狼来了——”，她总是被逗得咯咯地笑个不停，只是当妈妈讲到再没有人相信放羊小孩儿的话了，小羊被狼吃掉时，妈妈总会加上一句：“要做诚实的孩子哟。”孩子大大的眼睛闪呀闪的，牢牢地把“诚实”这个词汇藏进了她的小星星里。

电话铃响了，妈妈说是找爸爸的，爸爸默默地摇了摇头，妈妈轻声对着话筒讲：“他不在家。”可是爸爸在家呀？孩子怔怔地看，怔怔地想，她想不出来大人为什么可以不诚实，不觉中一粒尘埃飞入她那困惑的小星星里，这粒尘埃叫作“虚谎”。

小孩子一天天成长，世界一天天变大。这一天，孩子坐在了学校的书桌前，听老师讲曾子杀猪的故事：古时候有个人叫曾子，一天，他的儿子非要跟着他的夫人到集市上去，他的母亲对他说：“你回去，等我回来杀猪给你吃。”她刚从集市上回来，曾子就马上要去杀猪。他的妻子阻止他说：“我不过是和孩子开玩笑罢了，你居然信以为真了。”曾子说：“小孩是不能和他开玩笑的啊！今天你欺骗孩子，就是在教他欺骗别人。母亲欺骗了孩子，孩子就不会相信他的母亲，这不是用来教育孩子成为正人君子的方法。” 于是曾子就杀猪煮肉给孩子吃。老师谆谆教导，说过的话一定要算数，这叫作“言而有信”。小孩子很喜欢这个词语，也把它放在了她的小星星里。

小孩子一直想去动物园看孔雀，大人说等周末了就带她去玩儿。孩子每天数着日历，盼啊盼啊，想象着那个美妙的时刻，穿上最最漂亮的公主裙和孔雀一起舞蹈。周末终于到了，大人们说要去加班，然后擦着孩子满脸委屈的泪珠哄着说：“不哭，下个周末我们再去啊。”孩子收起了一肚子的委屈，憧憬着下一个周末的到来。眼巴巴地又一次盼来了周末，同时也等来了新的失望，家里又要来客人了。再下一次，又是要朋友聚会了。孩子不明白为什么所有的事情都比她的孔雀重要，为什么大人说过的话可以不算数，她不再向大人提起动物园，把孔雀深深藏在了心里，大人们夸她懂事了，却没发觉孩子的眼睛里黯淡了的希望与信任的光芒。从此，孩子的小星星里又多了一粒尘埃，叫作“言而无信”。

课本上说，尊老爱幼、助人为乐是我们的传统美德，孩子把这个美德叫作“爱”，放进她的小星星里了。孩子总是想有机会做一次被大人表扬的好孩子，机会终于来了，她看到一辆自行车倒在了树下的地上，费了好大的劲把自行车扶了起来，校服都被弄脏了。孩子还没来得及开心呢，就被一声突如其来的责骂给吓住了：“走路不看着点儿，把车都给摔坏了，你家长呢？”孩子看到一张愤怒得扭曲了的脸，哭着跑回了家。孩子一边抽泣一边向妈妈倒委屈，妈妈说：“以后不要多管闲事好不好？管好你自己就行了。”孩子沉默了，她只想做个好孩子，却不知道怎样才是个好孩子。孩子小星星里的爱粘上了一粒“冷漠”的尘埃。

孩子一年年长大，世界一年年难以捉摸。她的小星星里多了些光芒，也多了些尘埃。孩子好奇而疑惑地游走在善的光与恶的尘埃之间，时而坚定，时而无从选择。只是那两颗蒙了尘的小星星渐渐地没有了纯净如水的透彻，当孩子不再是孩子，星光也黯淡了许多。

许多个日子过去了，曾经的小孩子变成了妈妈，她的臂弯里躺了一个哼哼呀呀的婴孩，她在婴孩一双忽闪着的大眼睛里，分明看到了两颗明澈的、似曾相识的星星。

半日缘

宝宝是一只喜鹊，我与它只有半日多的缘分。

初夏的上午，气爽风怡，心情大好的我正在家里收拾房间，女儿从楼下打来电话说，发现一只喜鹊躺在地上不能动了，但还活着。我让女儿在楼下护着那只鸟，拿上钥匙和钱就下楼了，准备送喜鹊到小区里的宠物医院去看看。

花池边缘，喜鹊无力地躺在那里，一动不动，我不能确定它是否还活着，也不敢碰，因我向来是最怕死掉的动物的。女儿告诉我它肯定还活着，身上是温热的，有时会动一下。我说："那就带它去宠物医院吧，你抱还是我抱？"女儿二话不说，从包里拿出一张纸巾托起喜鹊就跟我走。走到半路，喜鹊大张着嘴巴叫起来，我想它还这么有精神，定无大碍了。

到了宠物医院，医生说这里只能看猫和狗，看不了禽类，我一再恳求而无果，万般无奈，只得离开。虽然我们去之前就没抱多大希望，因为喜鹊毕竟不是宠物，有点难为医生了，但还是感觉很失望。我不甘心，想起前面还有一家药店，不如暂且先买点消炎药水，把喜鹊带回家修养些日子好了。到了药店，店员看了一下喜鹊后告诉我，它受的是内伤，可能是被人打了，或是撞到什么东西上了，估计活不了多久，消炎药没有用。“怎么会呢？它肯定是外伤，您看它左边腿根这儿是红的，抹点药能好，刚才在路上它还叫了呢。”我不知道是在说服店员，还是在努力说服自己。

我抱上喜鹊走了，好失落，我们的大喜鹊真的没救了吗？我不信，我偏要试一把，万一能救活了呢？不，是一准儿能救活的。

我把喜鹊安置在阳台上，找来两个小碟子分别放满水和小米，推到喜鹊嘴边，它不肯吃喝，总想硬撑着飞。它用尽气力张开翅膀扑扇着，但是两只脚无力站起，很快就歪倒在地上了。它试了很多次，不听我的劝告，累得筋疲力尽，本就虚弱的身子更加无力，躺在地板上胸脯剧烈地起伏。我从药箱中翻出一瓶碘伏给它涂在左腿根处，又打开一只阿莫西林胶囊，将一小半药粉末灌进它嘴里，然后喂了点水，除此之外，我再想不出还能为它做些什么。女儿也一趟趟地到阳台看它，我们蹑手蹑脚，生怕惊吓到它。想起曾经养过的小猫咪咪，它不吭一声地卧在我脚下被我不小心使劲踩了一脚，一下子窜到沙发底下不动了，也叫不出声，我以为必死无疑了，不想几个小时后，咪咪又恢复了活力。唉！都说猫有九条命，喜鹊有几条呢？

下午还要上班，中午出门前，看到喜鹊奄奄一息的样子，我好担心傍晚一进家门就看到一只没了性命的喜鹊，这种担心，一半是因为心疼鸟，一半是因为我 怕死掉的动物。当我关上家门的那一刻，就将喜鹊的生死交给命运了。

惦念了一下午，临下班前，听女儿说喜鹊还活着，我好欣慰，想来喜鹊熬过了这个下午，就算挺过来了吧，提着的心多少放下来些。可是进了家门，我依然不敢往阳台走，没有冲过去看喜鹊，而是坐下来先吃晚饭，因为担心万一看到不愿看到的情况就没心思吃饭了。饭正吃了一半，突然从阳台传来几声喜鹊脆亮的嘎嘎声，我心下大喜，放下碗筷直奔阳台，喜鹊正在那里扑棱翅膀呢，看上去似乎比中午欢实了些。“宝宝，咱们可真棒，我就知道你会好的，等你能飞了，我就送你到院子里，你可以去找你的亲人了，这会儿可是要好好休养，不急着练习飞呢。”我一边跟它唠叨一边将阳台上的座椅搬走，怕它刚有点精神头就使劲折腾，撞到什么东西上。我满心欢喜地接着享受我的晚餐，哈哈，一场虚惊呢！真是自己吓唬自己。

当晚餐进行到尾声之时，喜鹊又叫起来了，这小家伙，刚好点儿就闹腾，还挺活跃。然而紧跟着，一声异常响亮异常持久的嘶鸣划过整个居所掷入我耳中，我有些诧异，那叫声好长好奇怪，像是有极大的愤懑与怨怼，是怪我将它带到这陌生之地来了么？脾气好大呢。可接下来出奇的静寂让我感觉有些不妙，屋子里的空气似乎凝固住了，一切都凝固住了。我急急跑到阳台，喜鹊仰面朝天，炭黑色的喙子直指向天，两腿直直地向后伸着。“宝宝！宝宝！”我喊。“宝宝！快起来！宝宝！你怎么了？”我大喊。回答我的是死一般的寂静。我不甘心，又不敢用手去碰它，就用脚轻轻挪动地上盛了小米的碟子到它身边，凭我怎样碰触，它都没有任何反应。

我又等了十来分钟，等一个渺茫的希望，可等来的是冰冷的事实。我找来一块旧棉布单子将它裹起来，一手托起它小小的身体，一手拎了把小花铲下楼了。

夜幕已沉，我把它带到距离捡到它之地不远处的花池边缘，给它挖一个小小的简陋的墓穴，这是它在这个尘世最后的家。我不能让它在垃圾桶里和恶臭的垃圾混在一处，也不想将它抛掷在荒地成为什么动物的美餐。我没能挽回它的性命，能做的只是让它死后稍微有些尊严。昏黄的路灯下，我挖了许久，不觉疲惫，也不在意路人奇怪的眼神，总想再多挖几铲，再深些，让它能睡得安稳；再挖长些，唯恐它长长的尾羽不得舒展。

蓝天只在梦境，它永恒地归向大地了。望着空落落的阳台，就在前一刻，这里还是喜鹊暂时的居所，此时不过就是个阳台罢了。睹物思鸟，那一声撕心裂肺的长鸣一直回荡在我耳际心间，是它临死前留给这个世界的声音。是对儿女的惦念？是对即将而至的死亡的愤怒？还是那难忍的疼痛的使然？那一声，它用尽了残存在生命中的全部的力量，惨烈，悲愤，它定是听到了死神的呼唤，它不甘，又无奈，但是谁能阻止它这对命运的最后一搏呢？

我本想赌个奇迹出来，可是我输了，人就是人，鸟就是鸟，谁也胜不了天。我后悔了，本想给它取名叫“壮壮”，可后来到底还是叫了“宝宝”，如果叫“壮壮”呢？也许它就真的壮了吧……

爱的自言自语

一个人发呆，不想听任何声音，一遍遍梳理我们的情感，爱与痛却更加纠缠在一起。

颠簸在希望与无望中，我们风雨同舟，我们依偎互勉，炽烈的爱情揉入平淡的亲情，心与心的交融把你我的命运捆绑在一起，从此你就是我，我就是你。

甘愿与你一起承受风雨、看花落花开，只为我们心中的共同期待：风雨后，在路的尽头，有我们一个宁静的归所。

我们被抛向浪尖，我坚守我的希望。

我们被打入谷底，我坚持我的等待。

因着你的坚毅，我执着着我的爱。

然而走得太久，我乏了，你迷茫了，望着不见尽头的路，你不再敢承诺带给我幸福，你说不知道会把我带入地狱还是天堂。你的退却让我茫然不知所措，我不怕苦，怕没有希望。

我怕，怕有一天，我的爱与痛、隐与忍，等来你一个真诚的“对不起”，三个字，是你的无奈，却是我后半生的诠释。

望不到出发的起始点，也不想回头，我在心里默默自问：“前方的路，我该怎样走？”

如果你不爱，我会毅然转身，然而捧着你的痛你的爱，让我如何放手？我知道这一放手，碎掉的是两颗痛着的心。

如果上天断然让我们绝望，我会选择死而重生，但偏偏还能看到灰烬中的一星火花，撩拨着两颗不甘的心。我徘徊在进与退之间，这才明白最痛苦的不是失去，而是抉择。

你让我如何能把这刻骨铭心的记忆抹去？每一次的打磨，心都会滴血。记忆磨平的日子，心也必随着碎了。

当下的痛一点点冲刷记忆中的温存。或许有一天，那温存被冲刷得没了踪影，然而并不会消失，只是藏在灵魂深处一个不愿被轻触的角落。在静默寂寥的夜，与灵魂对话的那刻，我会听到它幽幽的歌携着无声的叹息，从两行泪珠中流淌出来。

擦拭心头的伤口，咀嚼记忆的余香，那一星不灭的火花麻木着我的痛楚，让我依然割舍不下手中的爱情。

然而，如果我们相爱的心让你捧得沉重，沉重得痛，那我情愿率先放开我的手。我们各自坚强走好自己的路，只要我们还行在同一个方向，只要两颗心还能听到彼此的呼唤，总会在某一天的某一个地方，你看到从未远离你的我，依然等候你的牵手。

也许，也许我们的爱情真的不会得到上帝的祝福，那我们就为彼此祈福吧！各自照顾好自己，不让对方担心，你我都知道，无论天涯海角，分分秒秒，总有一颗牵挂祝福的心陪在彼此身边，因为你就是我，我就是你。

亲爱的，在不见的日子，请让我知道，你还安好。

碎月

月又圆了。

曾经几多月圆夜，月下独酌，对影成三，心在千里外漂泊。

人之悲欢离合，月之阴晴圆缺，才高五斗的苏子也是奈何不得。遥隔千里，共婵娟易，人长久却难，“但愿”即是不可得之愿，多少酸楚无奈尽在这“但愿”中了。

举杯邀明月，月光斟满情怀，勾兑着不尽相思，一丝凉苦，伴一丝柔甜，纠结的味道欲舍难断。

因何自古月满之夜尽展愁思？月之圆满让心中缺憾再无遮掩，晒在月光下，它一览无余，你无法视若不见。

更何况这中秋月夜呢，相聚的日子，正是几家欢乐几家愁。我怕，怕灯火阑珊，怕莺歌燕舞，更怕电视里一声声道“团圆”，心在喜庆中煎熬，期待漫漫长夜后一如既往的平淡。

谁说只要心在一起就好？谁说有距离的美才妙？多少柔情浓意

也不及两只轻挽的手臂，不可碰触之美总是少了些味道。我不要这样的爱情，不要海誓山盟，不要激情浪漫。我只要牵了情人的手，在这月光下，嘘——不要出声，静静地，不看彼此，了无牵挂，我们的世界里只有这一轮明月静好。

而这个中秋夜，我对月无思。

情尽了，心空了，倒觉月更圆，没了惦念也就没了缺憾。从前只见半轮月明，那半轮被愁思遮了。今夜，秋月全归自己，如此完全，不愁、不伤、不喜悦，却无味，月亮也只是个月亮罢了。

我成了追月的女人。细数分针，催促着时间，看月儿从树梢挪到楼顶，从楼顶腾到云端，与地上楼宇灯火、天上暗夜流云从不同角度变幻成唯美画卷。举头望月，有些许感动，这感动在嘴角漾起浅浅一抹笑意，流到心底的空隙里却碰触到隐隐的痛。

原来，心并没有被月光斟满，总还有一丝惆怅藏在心底不是吗？挥之不去。我难以分辨，思恋的是你还只是一段爱情？是旧情割舍不净还是生出新的期盼？

原以为心已静若止水，收获了没有残缺的月。只是心欲静而思绪不止，这一缕淡淡忧思方动，波澜就起了，月碎成片，出卖了我的心思。也罢，何需静若止水，止水岂不是死水，心死了才静止，还是掀起些波澜吧，无论是喜的或是愁的。要那么圆满做什么？有了生机才好，哪怕月亮碎成了片。

碎月如花，花随波荡，盛放于心湖，未必常好，却总留得一袭幽香在，心不会寂寞。

望皎皎空中孤月轮，冷寂若我。只问来年中秋夜，谁共我，醉明月？

四、守住手心里的幸福

外面的天地蓬勃而广阔，
充斥着没有定数的变幻，
然而我竟从中寻出被遮掩的美好，
就连横亘的羁绊也显露出善意，
就连冷漠之中也裹夹着一星火焰，
凶险的刀锋不再锐利，
曾经眼中有些糟糕的世界里绽开星星点点的小花。

反哺

冬日的清晨，好梦初醒，若隔窗听到乌鸦嘶哑着嗓子“啊！啊！”的晨曲，那是件多么沮丧的事，就连阳光也不觉得明媚了，天空的净蓝中也似乎包藏着阴险，总要再听到几声喜鹊喜庆的问候，方觉阴郁散尽，美好的一天才算开始了。

傍晚，若是寒风肯有稍许收敛，沐着落日余晖悠然漫步在长安街上，可谓是对自己一日辛劳的犒赏。不过，万事都有个度，倘使兴致过了头，你满怀诗情画意地举目望向天空，多半会被眼前的景象惊悚到：沿途两排国槐颓秃的枝柯上，乌压压密麻麻落满了乌鸦，动也不动，如一片片树叶，场面之震撼令人疑惑自己的眼睛，断难相信那是晚归歇息的鸟。于是用力闭一下眼睛再卯足了劲睁开审视，见那“叶子”果然是鸟的形状，又突然间碰触到乌鸦冷峻的眼神，不觉心中略略震颤，泛起一阵寒意，再不敢抬起头。如此一路老树昏鸦相伴，浪漫全无，似乎自己就是那个彷徨在天涯的断肠人了。

乌鸦是我一向不喜欢的，虽然不相信关于吉利与否的说辞，也不愿将鸟分出三六九等来，但是从小听到大的对于乌鸦的种种非议还是在我心里沉淀成了偏见，更何况除此之外实在梳理不出它还有何喜人之处了。

不记得是在哪一天怎样一个机缘，得知了乌鸦是目前人类所知道的除人之外唯一会反哺的动物，便突然觉得它从魔鬼跃然蜕变成了天使，对这貌丑曲寡、不吉不利颇惹人厌的鸟忽觉亲切起来。查得《本草纲目·禽部》记载："慈乌：此鸟初生，母哺六十日，长则反哺六十日。"这是古人对乌鸦反哺写有的一段文字，科学界尚存争议，一说乌鸦是群居动物，是有可能在自己吃饱的前提下将食物分给其他无法独立获取食物的同类的，未必喂养的就是父母，无法判断这只是一种单纯的反射性行为还是出于情感。我不是鸟类学家，无以为辩，只是，科学探究出的诸多结论对于这个遍布奥妙神机的世界来说少得可怜，谁又能肯定乌鸦或其他生物是没有思想及道德的呢？我情愿这不是一种牵强的道德绑架，情愿相信乌鸦拥有丰富的情感世界，它们顾念曾生养它们的老父母，晓得回馈养育之恩。

相较于乌鸦而言，对于以高等动物自诩的我们，反哺能力自是毋庸置疑的，儒家文化更是将孝道列入典籍奉为君子之道和判定人品优劣的标准，《圣经》中也将"当孝敬父母"作为神带应许的一条诫命。然而，怀一颗孝心易，行一番孝行难，难在何处？难在你以为的"孝"未必是真正的"孝"。孔圣人言："今之孝者，是谓能养也。至于犬马，皆能有养；不敬，何以别乎？"啊，原来"孝"与"养"的差距只在一个"敬"字，这便是孝的灵魂了，是对父母赋予生命的感动，是对父母含辛茹苦的谢意，是对一个饱满而又日趋羸弱生命的崇敬。若非心怀敬意，即便呈与父母美味珍馐、豪宅华服，亦是苍白平淡的，用之食之皆无味，算不上是“孝”，更何况这些物质上的赡养之资并非人人可以具备的呢。

子夏问孝，夫子对曰：“色难”。和颜悦色，一时容易，难的是持久。当你在不知不觉中，忽然察觉自己乌亮的头发间开始有了不和谐的银白，细纹大大方方横霸眼角，青春不再了，我们占有了父母曾经的样子。我们的父母哪里去了？是那个银丝稀疏的老人吗？你看他眼神不再犀利，步履不再矫健，就连语调也不再如洪钟一般响亮了。突然间发现，父母无力再为我们撑起那把遮风挡雨的伞，你做好准备接过父母手中那用爱造就的伞了吗？当你面对他们略显迟滞的思维，时而颠三倒四的话语，行动不便的身体，你可能和颜悦色地拥抱这一切？当他们日复一日、年复一年地卧于病榻，你不得不为他们喂食三餐、洗澡清便，正如儿时他们为你所做的一切；当他们不记得你是谁家的孩子，一遍遍问你的名字，无理取闹调皮耍赖，正如你儿时的样子，你会“色难”吗？这把爱造就的伞呐，沉重无比，接过来容易，而唯有以厚实的爱方能撑得长久。

说到我们当反哺的，自然不能略过以它所拥有的一切滋养着我们的这颗美妙的蓝色星球。一代又一代，我们踏着它的土地，呼吸着它的气息。它融化了高山之雪斟满河流湖泊，滋润我们干涸的口；它要土地结出五谷果蔬，安抚我们辘辘饥肠；供我们棉、麻、丝织就遮羞的衣裳，给我们泥土石木修筑遮风避雨的住所；云遮烈日、星斗领航，火为我们取暖，电辉耀着我们生活。它不要我们孤单，遣来鸟兽鱼虫相与为伴；不要我们忧伤，鼓动树木花草令人心旷神怡。可是，它的爱还是挥洒不够，又变幻出四季色彩、和风流云为我们添得诗情画意。

如此倾其所有的养育与恩赐，施与受都来得那么坦然，那么理所应当。我们习以为常地已将其淡忘，为着填不满的欲望，毫无节制地索取，恣意粗暴地破坏，小小星球已是千疮百孔了。然而它并非是取之不尽用之不竭的，它的衰弱是我们的灾难，看那泛着黑色油光的河流、残破的山体、日渐消逝的森林、随意丢弃的恶臭垃圾、战乱的烽烟……我分明听到它无奈的叹息由风中飘来，又分明觉然它心伤的泪水在我眼角流淌。

哦，微若尘埃的我们即便倾尽一生又如何能反哺这给予我们一切恩赐的星球呢？然而就让我们去做吧，栽下一棵树、一株花，节约一滴水、一页纸，让疲惫不堪的星球稍作喘息，给残破的它些许补给。如果你真的无力为它做更多，那么至少可以减少对它的伤害吧。或许你我对地球的关爱只如一粒沙般细小，那又何妨呢？正如无边夜空里点点的繁星，聚得多了便璀璨起来了。

树篱后的秘密

“自从解事以来，苏菲就知道树篱中有个小洞。她爬过那个小洞，就置身于灌木丛中的一个大洞穴中。这个洞穴就像一座小小的房子。她知道当她在那儿时，没有人可以找到她……”

在《苏菲的世界》中读到这段话，仿佛有一只巨大而温柔的手将我一把拉回到那个不知天高地厚的年少岁月。那时距青春期尚远，“叛逆”在小心眼儿里还未曾萌芽，我们无意疏远大人，可也出自本能地营造着属于我们自己的小天地。比如床底下，比如一条废弃的水泥管里，我们另外创造了一个世界，并理所当然地成为这世界的主宰。我们模仿大人的样子假装过日子，上班、做饭甚至哄孩子，模仿我们能接触到的一切图画书、广播剧、露天电影里的场景，打仗、抓特务、抢新娘……

后来，意识里除了“我们”还飘出一个“我”，我的心事儿不知怎么的，也不知什么时候攒了那么多，反正一下子就没地方搁了。

爸爸送给我一个粉红色硬塑料皮的日记本，里面有漂亮的美人照彩图插页，它成了我的至宝——珍藏心事儿的密洞。又想起了《安妮日记》中那个红格子日记本，困境中的安妮把它视为一个可以交流倾诉的亲密朋友，而我从来也没想过要和我的日记本交心，在自由的环境里我并不缺乏可以诉说秘密的小伙伴，我只是把心中放不下又说不出口的心事儿存放在本子里了。秘密总是怕泄露的，为了藏这个本子我费尽心机，充分学习了电影中地下工作者掩藏情报的各种可用以及不可用的手法，藏在我自认为别人意料不到的绝密之处，且不忘做一番伪装。直到我拥有了一个三屉桌，一个带锁的抽屉，我的“密洞”拓宽了，可以放更多的私密进来，除了日记本，还有一本琼瑶的书，以及能弄到手的其他“会影响我学习和思想进步”的物件。

再后来，我发现已无法为一些心事找到可以令自己心安的所在了，不愿说出口，写下来的勇气也没有，不知不觉间在内心里筑起一道茂密的树篱，心，成为一处我独自占有的密洞。心中的密洞随着年龄的增长而膨胀，能承载更多事情了，随我扔进去多少也装不满，不见拥挤，杂而有序。我添得更多独处的时光，时常躲在自己的密洞里。在热闹的世界中，我孤独而沉默；在静寂的树篱后，我有说不完的话，和一直住在密洞中的另外一个我。

苏菲在她的密洞中探索哲学的奥秘，我没有收到神秘哲学家的大信封，也没有一只忠诚的猫相随，我把心中的秘密一一拿出来摆在面前，与另一个自己探讨。这是我唯一可以大胆晾晒它们的地方，就算有人知晓这个密洞也进不来，甚至连一个可以窥探的缝隙都没有。在这里我和我自己说贴心话。这些心事都是我不愿或是不敢以其他任何方式显露出来的，我想这些才算得上真正意义上的秘密，货真价实的秘密只能属于自己。没有讲不出的快乐，只有道不出的苦楚。深藏在这密洞中的，散发着光亮的仅有自己默默定下的理想和对生活勾画的美好蓝图，它们是我在这里栽下的苗，在静默中成长，也许就无声息地夭折了，也许会修成正果，我带着这份光亮在外面的世界行走，于怎样的境地中心里眼里都不会昏暗，若是开花结果，自是这树篱挡不住的。而其中更多的是怯懦、灰心，羞于见人的糗事，自己也不齿的龌龊事，以及那打掉牙只能往肚里咽的苦痛，脆弱得禁不得风，晦暗得见不得光，这个密洞或将是它们永久的归宿，直到我尘世的生命终止依然走不出。我在此不得不直面它们，接受自己的丑陋，羞愧并忏悔，宽恕自己也宽恕所有，让自己看向外面世界的眼神可以更柔软而谦卑。

我躲在树篱后，将所有心事都丢给那另外的一个我，像苏菲一样，“从这里透过枝丫与树叶之间的隙缝向外张望”。外面的天地蓬勃而广阔，充斥着没有定数的变幻，然而我竟从中寻出被遮掩的美好，就连横亘的羁绊也显露出善意，就连冷漠之中也裹着一星火焰，凶险的刀锋不再锐利，曾经眼中有些糟糕的世界里绽开星星点点的小花。这一切都充满诱惑与魅力，让我不由自主地携上谦卑的心和清爽的眼目，从树篱中走出。

读《理想国》之非哲学思考

似乎古今中外都有一致的论调：善有善报，恶有恶报。可是，无论古今中外又那么一致地展示给我们说不尽的好人吃亏受挫，恶人得逞享福的事例，很不幸世界上存有这么多“可是”，它让人疑惑又心寒，追问上苍“天理何在”，正如柏拉图在《理想国》中借色拉叙马霍斯之口发出的声音：“正义的人跟不正义的人相比，总是处处吃亏。”

可不是？忠厚人总被奸诈人算计，诚实人总被虚妄人欺骗，本分人常不如自私的人多得，营私舞弊之人的物质财富总强于遵纪守法者……当诸如此类的事情频频出现在你生活的环境中时，当你看到那些用不义之财大肆挥霍招摇者仍安然无事时，若非有极高的心境，很难做到心平气和，一半气愤，一半嫉妒，恐怕还要在心里盼着那总也不来的报应早点落到那人身上，或者……或者这样的“好事”也能轮到自己，让自己也风风光光的才好。

若是这样的“好事”真能轮到自己，又有多少人愿意放过呢？有的人之所以没有行恶，并非心中没有恶念的苗头，而只是那苗头没有被可以行恶的机会点燃罢了。或者，有些恶他从未见过，不知道它的存在与甜头，一旦环境变迁，接触到那样的恶并被其诱惑，便会奋不顾身地一头扎进去，似飞蛾扑火。如《理想国》中勇士厄洛斯在冥界所见的，那第一个选择自己来世生活模式的灵魂，他因贪婪与愚昧选择了一种最大僭主的生活，是那些光鲜丰盈太诱人了，以至于忽视了与其捆绑在一处的其他可怕命运。他是个不彻悟的恶人吗？非也。他是来自天堂的灵魂，其前世生活循规蹈矩，是个正派人。然而他的善是“出于风俗习惯”而并非因为真正懂得明辨是非，真正领会了善与恶，所以，当诱惑一来，就不由自主地陷入不义之中了。“广而言之，凡是受了这种诱惑的人大多数来自天上（而非地狱），没有吃过（地狱的）苦头，受过教训；而那些来自地下的灵魂不但自己受过苦也看见别人受过苦，就不会那么匆忙草率地做出选择了。”

倒是最后一个走上来选择来生生活模式的奥德修斯，那个在特洛伊战争中英勇智慧，献上木马之计的伊塔卡岛之王，他厌倦了前生的辛劳争斗，不再眷恋富贵荣华，选择了一个“只需关心自己事物的普通公民的生活”，他说即使第一个去选择，依然会选择这种生活模式。

我们常在媒体中看到记者去采访一些触犯法律者的邻人亲友，

大家都无比惊诧，那是一个平日里看上去多好的人啊，甚至不只是看上去，而实际上也是非常好的人，只因抵不住钱财名利的诱惑而一时动了邪念，禁果的美味将其一步步引入罪恶，熟悉他的人无不扼腕。及时被发现接受法律制裁的倒是幸运些，可以及早从小恶中解脱出来而不至于滑向大恶；极顶聪明的以自己的心计一次次逃过法网之人，自己的灾祸却是更大了，那是上天对他的惩罚，积攒更多的恶，正是灭亡的前奏。待到终有一日他落入法网之中，尚觉痛悔不已，然为时晚矣。正如那个选错自己来生的灵魂，“他后悔了。于是捶打自己的胸膛，号啕痛哭。他忘了神使的警告：不幸是自己的过错。他怪命运和神等等，就是不怨自己。”

是啊，就是不怨自己，更多的人将责任推到环境之上，环境有好有坏，而处于同一环境中的人，对善恶却有不同选择，那抵住诱惑坚持正义的，必定是真正 领悟了善与快乐的真知。真知源于不断地学习与对真理的追求，它强大了人的灵魂，正如一个人有了强壮的体魄，便产生抗体，让病毒无机可乘。况且环境的好坏又是谁人造就的呢？佛家讲，“境由心生”，心存良善，就看到良善，守住良善，若人人如此，环境又能坏到哪里去？

当然，这并非说，人必须要先作够恶才会行正义之事，而是说人必须懂得什么是真正的善与恶，从而选择善的生活。柏拉图把“能使灵魂的本性更不义的生活名为恶的生活，把能使灵魂的本性更正义的生活名为较善的生活”。

但是，正如我们开篇所讲，知道真正的善恶又怎样？反正不正义的人总比正义人过得好。果真如此吗？恶行藏得了一时，藏不了一世，行恶之人也心知肚明，只是禁不住欲望的诱惑，图个苟且的享乐。因此，他在锦衣玉食，在奢靡与狂妄中却睡不得一个安稳觉。想到有的人，因为恶而四处躲藏，极狼狈，极恐慌，那便是为恶付出的代价。有些不义之人，即使侥幸于生时逃脱了道德与法律的惩罚，也逃不过身后恶名，那一世的恶名更是天大的惩罚。更何况还有来自于灵魂的奖惩，行善者的坦然便是奖，行恶者的不安便是惩。“当一个人想到自己不久要死的时候，就会有一种从来不曾有过的害怕缠住他。关于地狱的种种传说，以及在阳世作恶，死了到阴间要受报应的故事，以前听了当作无稽之谈，现在想起来感到不安了。……他开始扪心自问，有没有在什么地方害过什么人？如果他发现自己这一辈子造孽不少，夜里常常会像小孩子一样从梦中吓醒，无限恐怖。”

是的，善与正义的生活或许不是最令人艳羡，它没有富丽堂皇的外表，而那颗坦荡磊落的心却能无愧地直面生死，能安然享受太阳与繁星赐予的一缕柔光，这世界是为他敞开的，他可以无所顾虑地行走在各处，带着内心的宁静安详。

潘多拉与禁果

潘多拉，只这几个字听着就让人怦然心动、浮想联翩而不能自已，更何况是看到风情万种的潘多拉的男人呢？

宙斯让赫淮斯托斯用黏土做成“拥有一切天赋的女人”——潘多拉，作为礼物送与普罗米修斯的弟弟——生性愚钝的“后觉者”埃庇米修斯，以报复普罗米修斯盗火之事。宙斯深知世人对美色不能自持的迷恋，于是让诸神竭尽所能地将潘多拉装扮得楚楚动人，送到埃庇米修斯面前。在普罗米修斯“不可接受来自俄林波斯圣山的礼物”的叮咛和袅袅娜娜的绝色美人之间，谁还能记起那般千叮咛万嘱咐？埃庇米修斯当然乐意抱得美人归。于是灾祸发生了，潘多拉按神的授意打开了魔盒，诸多灾难遍布人间，而唯有雅典娜放进去的“希望”被留在了魔盒中再也出不来了。

还有一个在久远年代被蛇诱惑了的女人——夏娃。神一再叮嘱：“只是分别善恶树上的果子，你不可吃，因为吃的日子你必定死。”

而这叮嘱抵不过蛇幽幽的一句诱惑：“神岂是真说不许你们吃园中所有树上的果子吗？”，又对女人说：“你们不一定死。”好受用的一段话，然而夏娃岂是听了蛇的话才动心思吃？原来她心中明知道吃那果子的种种好处，早就有所惦念了，蛇的话点燃了她心中欲望之火，欲望在诱惑的鼓动下越燃越旺，烧坏了理智，眼里心中就只有吃那果子的益处了，却偏偏扔下神的话语。她不是不知道吃的后果，然而她更在乎眼前看得到的利益。

“在吃到苦头之前，看不出有什么祸害。”《希腊的神话与传说》一书中如是说。在诱惑面前，理智显得那么木讷乏味，大多时候敌不过贪婪的欲望。

忘了从哪里读到的，好像不止一处，说是每个人心里都住着两个小人儿，一个是善，一个是恶，或曰天使与魔鬼，他们事事时时都在争斗，而争斗的结果左右着人的言行，若是那善的天使占了上风，人所行出的则为美善，反之则为丑恶。对于人心内的这种矛盾，《罗马书》中也有一段文字：“立志为善由得我，只是行出来由不得我。故此，我所愿意的善我反不作；我所不愿意的恶，我倒去作。……我觉得有个律，就是我愿意为善的时候，便有恶与我同在。……我觉得肢体中另有个律和我心中的律交战，把我掳去叫我附从那肢体中犯罪的律。”

柏拉图在《理想国》中如此阐述：“我们很有理由假定，它们是两个，并且彼此不同。一个是人们用以思考推理的，可以称之为灵魂的理性部分；另一个是人们用以感受爱、饿、渴等等物欲之骚动的，可以称之为心灵的无理性部分，亦即种种满足和快乐的伙伴。”

好吧，暂且不提古人，放下这些咬文嚼字的论调，说说自己。

当一样颇具诱惑力然而却有违法律、道德甚至自己内心都不齿于为之的事情需要你进行做与不做的决断时，是分明可以清楚地感觉到内心中两个小人儿，或曰理智与欲望的争斗的，它们各自陈述自己的立场， 都说自己才是唯一正确。你听听这个有理，那个也对，忽而左忽而右，无所适从。欲望的话语听着那么舒服，而在你心花怒放之时，理智总不忘泼来一盆冷水，虽则扫兴，但其中的分量令人不敢轻视，总要权衡一番再做定夺。

诱惑是欲望情投意合的情侣，只要它一露面，欲望准为之倾倒。倘使没有美好的外表，诱惑也就不成其为诱惑了。人都喜欢对自己有好处的事物，这是天性，无可厚非。丑恶知道自己不受欢迎，因此总要将自己乔装打扮一下；它恐怕不得人心，于是就更懂得人的心思，它用幻惑人的浓香遮掩它的腐臭气味，将自己装扮得比美好更像“美好”的样子。

有时候，你不晓得它的坏处，单单被它看起来摄魂的样子迷惑了；而有时候你明明知道它碰不得，却控制不住欲望毫无节制的贪婪，将它捧在怀里，就像抱住了潘多拉，为图一时之快，顾不得后果了。

世间诱惑无处不在，心难免跟着晃晃。灵中的理性若想战胜欲望，美善与正义是神奇的武器。它是理智的开路者，为你拨开诱惑妖媚的雾障，显露出那其中的丑恶，如拨开丰美碧草下要命的泥沼。而更多的诱惑如香烟，如煮蛙之温水，它并不一下子要了人的命，那一时的舒适勾引着人的欲望，欲望总难改贪婪的本性，在诱惑面前愈发膨胀，

欲火中烧时，让思绪歇歇脚，沉下心来，问自己到底想要什么。清楚自己是谁，知道自己想要的究竟是什么，然后坚定地做自己，

即便是条寂寞之路，也走得无怨悔。而心若是顺应着美善，咬牙放下眼前那点诱人小利之后，最终的结果从来都比自己原本想要的更好。福报总是来得慢些，而从不缺席，更不误事，你信它来，它一准儿会来。

心存美善则心定，无论是潘多拉还是禁果，都将被理智拒之门外。

悲伤，就让它留在心里吧

读《乔西之书》

乔西，天鹅送到海湾来的女孩，当海湾镇的动物们发现她把自己的悲伤锁进一个神秘的柜子中后，纷纷带来了各自的悲伤，请求乔西给锁起来，大家每日不停地往她家里跑，赶在悲伤消失前将它们交给乔西，“否则这样做还有什么意义呢？”

可是，驴表弟不肯将悲伤交给乔西：“可我明白，一旦你不再悲伤，那就再也不会理解任何事情了。”驴表弟离开了。只不几日，动物们一同来到乔西家，吞吞吐吐地表示想要回它们的悲伤，“没有悲伤，我们就没法快乐。”“我们是那么孤独，没有人来安慰我们，因为我们没有悲伤。我们更愿意拥有悲伤，那样安慰和快乐就会随之而来了。”“如果有人忘记了他的悲伤，那他记忆中的事情也就不再珍贵。”柜子空空如也了，乔西和动物们取走了他们的悲伤，抽泣之后，是从未有过的快乐……

《乔西之书》，诗一般的童话，当你读到这些文字，心里在默默应和：“啊，就是这样，太对了！”你想一件件忆起曾经的悲伤与随之而来的快乐，可它们已经融洽在一处分不清了，如一枚枚鲜果榨成了果酱，辨不出原本的模样，只咀嚼出满口甘怡和一团扑鼻的馨香。

不喜欢悲伤，如果可以，永远也不要它进门。悲伤也知道它多么不被欢迎，就像一个鬼怪灵精的淘气鬼，只要你的心门敞开一条缝隙，他就毫不客气地溜进来了，赶也赶不走，越赶越不走。它大大方方地反客为主，几乎占据了你生活的全部，影子一样跟着你，四处都是它令人窒息的味道。你生气、愤怒，直至绝望，它毫不理会，却愈加壮大了。

不必气恼，其实，悲伤只是一个不知轻重的过客，只要你不苦苦拽着它不撒手，总会离开的，它不会赖上你一辈子。它喜欢缠着人和它一起悲伤，送给人一个坏心情。你可以不理会，做你日常该做的事，只要把坏心情丢掉，它就纠缠你不得。或者索性陪它一起抽泣，其实它心肠顶软了，见不得你太多眼泪，会掏出大把安慰送给你。然后，就像变戏法，爱你的人陆续出现了，或与你一同落泪，或递来一方手帕，给一个拥抱，送一个可依靠的肩膀……渐渐的，你心中的泉不再苦冷，甜了，温润了，于是，你又有了勇气与力量，不再沉溺于悲伤，悲伤终于松了口气，它早就打算离开了。

你爽快地送它出门，却迎面撞见了快乐，你诧异，寻了许久不见的快乐是何时自己找上门的呢？

悲伤说“其实她一直就在你身边，可我若是不来，你就不认得她。我与快乐，正如一张纸的两个面，是无法单独存在的，我中有她，她中有我。先哲老子早就说过：‘有无相生，难易相成，长短相形，高下相盈，音声相和，前后相随。’没有了悲伤，快乐又是什么呢？从来没有伤心过的人，品尝不出快乐的滋味。若不是经历了一个寒冬，那春天扑入眼目的第一朵小花怎能送给你一份感动？就像经历了许多日的阴郁迎来一个爽朗的晴空，你才会发现那漫天的澄蓝是多么美妙的色彩。又如一曲乐谱，总少不得沉沉的低音，跌沓起伏的曲子才有绕梁三日的美妙。”

有了悲伤才有安慰，可以是别人的安慰，也可以是自己的。悲伤过的人才懂得安慰别人的悲伤，才会与需要安慰的人感同身受，才能够体会到予人安慰的快乐。

让悲伤离开你的生活，但不必刻意抹去它留在你心中的痕迹。忘记悲伤？何必要忘记呢？况且除了乔西再没有人能拥有一个锁住悲伤的柜子。其实，当悲伤成为你的记忆，就不再是悲伤了，那是能映照出你快乐的一面镜子。

让座风波

等了许久，公交车终于来了。还好，此时不是乘车高峰，车子里面有不少座位仍空着，我便没有依习惯坐到后车厢去，不过想到下一站紧邻商场，恐怕会上来些老人，还是自觉地坐到车厢中部一个高台上（其下是车轮）的倒座了。平日里倒着坐是要晕车的，不过反正只有四站地，想来问题不大，为了防止头晕，我侧过身子面对着过道而坐。

车子靠站停下，果然上了些人，最后上来的是一位胖胖的奶奶和搀扶着她的女人，看样子大概是其女儿吧。因为走得慢，这时前车厢已经坐满了，我看着那位奶奶，头脑里飞快地权衡着我这个座位和后车厢的座位到底哪个更适合老人家，最后决定自己坐在这个又不方便上来又容易头晕的座位上，让老人家坐后面吧。也许是因为我多看了几眼，待奶奶坐稳后，那位大姐便开始一脸怒气地大声嚷嚷："要不就别看，看了又不给让座儿……"和她目光碰触到的那一刻，我知道是在说我了。我没有说话，但心里很是委屈，并非我不知道尊敬老人，只是觉得这个座位真的不适合老人，如果此时没有空座位的话我是必定会起身让座的，谁没有父母呢？

回到家里，我心中依然是不快的，自己的善意遭到误解，那种鄙夷与愤然的眼神刺痛着我，为此纠结了好几日。让我一直耿耿于怀的并非是受了责骂，实在是不能容忍被别人误认为没有涵养。

一年多后的一个中午，我陪父亲从医院复查结束，手术后尚未完全康复的父亲固执着不肯叫出租车，我只好跟着他来到公交车站。不一会儿，车子进站了，上得车来，人还真不多，只是前面的车厢已坐满了。引擎发动，车驶出，我扶着父亲向后面车厢走去，看着父亲胖胖的身躯随着车子的惯性和节奏趔趄着，我揪着心怕他跌倒，再看看悠然坐在前车厢里无动于衷的那些乘客，心里突来一股无名的怒火。啊！好冷漠！你们怎忍心看着一位老人在自己眼前跌跌撞撞地走，难道你们没有父母吗？难道你们没有老去的一天吗？此时的我只想父亲能马上坐下来，马上！哪怕倒座也好。然而我们还是在后车厢坐了下来，父亲终得安稳，我则余怒未消，心中依旧在心疼父亲、抱怨着人心冷漠。

当我终于平静下来的时候，突然觉得自己像极了一个人——一年前那个抱怨我没有让座的大姐，想必我此时的面相一定是那位大姐的翻版，是自己曾顶厌恶的样子。而那时坐在前车厢倒座上的我，正像此时被我抱怨的人一样被那个大姐抱怨着。不同的时间，我在两个角色间变换着，似乎自己总是对的。错的是谁呢？思来想去当然还是自己。上一次是我没能设身处地地为老人考虑，马上能坐下才是老人最急需的，坐在倒座上晕车的是我而不是所有人；此次，是我没有立足于年轻人的角度来思考，想必他们也认为老人只要有座位坐就好了，不在乎多走两步，如今才知老人在晃动的车上多走这几步真的很费力啊！

想来，人唯有切身体会才能感同身受，曾在媒体上看过不少在公交车上因给自己的老人找座位而引发的纠纷甚至暴力，怕多是出于对自家老人的爱护，急切的孝心令人丧失了理智，继而逾越了道德甚或是法律，岂不是比那不让座的更为不堪？想到这里，很为自己刚才冲动的怒气羞愧，也不觉得前面没有让座的人冷漠了。其实，为老幼让座位，本就是一种社会道德的约定俗成，而非义务或是法律规范，让座是值得嘉许的，不让座亦不是我们该愤怒的理由，若我们都能换位思考一下，必少了烦恼纷扰，多了和睦。

自那日起，坐公交车时无论车上有多空，我都会自觉地坐到车厢后面，偶尔占了前面的座位，但逢老人上车，必起身让座，无论那是怎样自认为不舒适的座位，因我终于明了，老人急需的是马上能够坐下来，舒适度居其次。同时，对于未能及时给自家老人让座的人，我也能够理解，人家未必是刻意而为之，只是没有意识到罢了。当然，如果我们都能自觉地给予老人尊重和关爱，那是再好不过了，毕竟我们生长在礼仪之邦啊。

无处安放的画框

得来几幅心爱的油画，拿去镶了框，却不知该安放在何处。墙上不好吗？

其实客厅的墙壁上已经挂了几幅画了，望着那几幅画，不由得想起当初来。住进刚刚装修好的房子，一切都是崭新的，奶黄的墙面，雪白的天花板和石膏线，乳白的门窗与家具，淡雅温馨，是自己期盼中的样子。终于有了自己的小窝，和所有乔迁新居的人一样，喜悦的同时不忘小心翼翼，生怕磕磕碰碰破坏了哪儿，就像伺候着一位高贵的公主。除了必不可少的挂钟，墙上没有任何装饰品，虽然心里很想挂几幅画，思忖再三还是忍痛割爱了。也许是我太追求完美吧，实在舍不得在那么崭新素净的墙上留下钉子眼，装空调时打的洞已经让我心疼不已了，算了，简洁些也没什么不好。

这样素净了好几年，每次想往墙上挂些什么时，就被那个在自己脑中无限放大了的钉子眼给否决了。这些日子宅在家里的时间较多，总觉得洁净整齐的房间中缺了点什么，以至于“家”的感觉淡了些。正好母亲刚刚为我绣好一大幅牡丹花的十字绣，我又从苏州带回些苏绣绣片，心底里那点小文艺情怀就止不住往外冒。嗯，不就多几颗钉子嘛，挂上画也就看不到了。

想归想，说归说，真正要在素净的墙面上砸下第一颗钉子时，还是下不去手的。如果想挂上画，就非钉钉子不可，那也必然会留下钉子眼儿，墙就不再是完整无缺的墙了，那一颗突兀的钉子多么扎眼，就像在上好的丝绸上挑了根丝，是个莫大的缺憾；但如果不钉钉子，画儿是一定挂不上去的，无法做到既不损坏墙面又能挂上画儿。到底如何选择？那要看自己想要什么了。想要完美无痕的墙面，就要割舍下漂亮的装饰，想要艺术气息，就要舍得对墙面的小小破坏。两种选择没有对与错，都是无可厚非的，家是自己住，别人怎么看不重要，自己看着心里舒坦就是最好。

连这么一件小小的事情也要在两难中选择，这生活中似乎处处时时都在矛盾中了。有时候，或是说大多时候，并没有一个中庸的选项留给你，就像一枚硬币的两面，你只能从中一取一舍。所谓的两全其美，与之相应的是两样不同程度的舍弃，那“美”不是保住了各自的完全，而是各自残缺了自我。但是“舍”是件多么艰难的事，没有握在手中的本还不属于自己，弃之尚有不舍，那已攥在手心里的生生地给抛了去岂不心痛？可是没舍就没得，天道如此，人道亦如此。

当然，破也不是随心所欲地破，必要有周全的思量，统揽全局，心中有数，先筹划好了再行动。否则，只落得满墙的钉子眼儿，倒不如一面素净的墙看着舒心了。

生命中还有多少无处安放的画框？如果真的喜爱，不要在意那一点点破损一点点痛，就把它挂在生活的墙壁上，让生命更精彩些吧。

心底一池幽莲香

读罢几首采莲诗词，品味香韵之余，想起自己因生于六月中，自小便对莲花情有独钟，爱那份脱俗雅致，常以其高洁自我标榜。多年来，虽然并未做到远离泥污，但仰慕之情不减，初衷难改，莲花还是我的最爱。这几行诗句入目，一池碧波轻漾着娇粉柔白摇曳于心，想到见着的、经历的一些事，总觉着这世界越来越多的污浊从方方面面袭来，任我左躲右闪，自保洁净愈发艰难。这心中的一池莲花，令我于愁闷中生出希望，仿佛看到一片近在咫尺的净土向我召唤。

心被触动了，感慨油然而生，遂在微信朋友圈敲击出一段文字："不论环境多么污浊，只要你铁了心'出淤泥而不染'，还是能做到的。也许会有眼前的损失，但能得到内心的宁静。如何取舍，全看自己想要什么了。"信息发出，甚觉畅快，仿佛自己终于与那满处的污浊撇清了干系，'世人皆浊我独清'了。

不一会儿，收到好友一段评论：“污染是分别心的作用，不分别，就会平常心，平常心就是无染。”朋友修佛，精通佛经，这必是佛家语了。我不确定“分别心”的确切含义为何，但这段话的大意还是能读通的，大概是，如果不人为地分别好坏善恶，就会有一颗平常心，就不会看到满处的污浊了。请教朋友，又上网搜索这个“分别心”，果然猜对了几分，“‘分别’就是根据个人喜好判断，分别执取，有了“分别”就会有联想，就有了好恶。”

这段评论，如同一盆冷水当头浇下，令自视清高的我顿然醒悟。是啊，人不可依自己的知识对事物妄加评判的，因为人所得的知识并不完全，无法洞悉一切，依着各自的好恶去评判，难免有失公允。人对外界事物的好恶，源自内心的好恶，喜自己内心之“好”，恶自己心存之“恶”。原来，看到的表象就是自己内心的镜像，之所以看到污浊，是因为自己内心有污浊，心净眼就净了。

记得有这样一个依据无几、口水颇多的故事：宋代苏东坡到金山寺和佛印禅师打坐参禅，苏东坡觉得身心通畅，于是问禅师道：“禅师！你看我坐的样子如何？”禅师说：“学士庄严，像一尊佛！”苏东坡听了非常高兴。佛印禅师接着问苏东坡道：“学士！你看我坐的姿势怎么样？”苏东坡从来不放过嘲弄禅师的机会，马上答道：“我看你像一堆牛粪！”佛印禅师听了也很高兴！禅师被自己喻为牛粪，竟无以为答，苏东坡心中以为赢了佛印禅师，于是逢人便说：“我今天赢了！”消息传到他妹妹苏小妹的耳中，妹妹了解了前因后果，就说：“哥哥！你输了！正因禅师的心中如佛，所以他看你如佛，而你心中只有牛粪，所以你看禅师才像牛粪！”苏东坡哑然。

这一则故事，即便是杜撰的吧，道理却是不容置疑，入心的是什么，入目的就是什么。正如这一池莲花，有人为花痴醉，有人为叶缠绵，有人为涟漪喜悦，有人为泥淖愁烦。莲花无悲无喜，无好无恶，景就是景，人借景而生的是自己的情，景不因情而动。所谓触景生情，所“触”的乃是自己的心，心若生得一池幽莲，眼目中便再无污浊了，何来愁闷？其实，哪里有污浊呢？那分明是一池幽莲脚下的沃土。

霓虹的诱惑

太阳继续向西播撒它的热情去了，夜落下帷幕，燥热不再。霓虹灯急不可待地占据了高楼广厦和沿街的大小店铺，整个城市流光溢彩，低处的天空映成了淡淡的橘红，繁星想做个参与者却鞭长莫及，月亮弯在深邃无底的蓝里，略显孤落。暮春的夜透着温婉，没了日头的炙烤和白日为生活的奔忙，一顿丰盛的晚餐后，人们三三两两地漫步在街上，享受辛劳之余的悠闲。

夜色中抢尽风头的莫过于霓虹灯，它无处不在地招摇、诱惑，过往行人的眼神落在缤纷幻惑的光里，瞬间写满赞叹，心亦随光闪烁跳跃，一整天的疲惫和不快立时丢到九霄云外了。

夜色深邃，越发映衬着霓虹的炫彩瑰丽，如此梦境般的美谁人不爱呢？漫步于小街，看霓虹如串起的繁星萦绕在矮树上，树通体流溢出醉人的红、绿、雪青，幻境般迷离，这样一个诱惑，人情愿自投罗网。

我被这彩虹般流动的亮彩晃得心神荡漾，欣然投入到一处雪青色光芒中。如近旁的树，我的头发、皮肤和衣裙被霓虹的彩光打理成雪青色，泛出珍珠般的光泽，煞是好看！竟是有些自恋了呢。打量着如仙如幻镀着瑰丽光芒的身躯，眼目不舍离开。陶醉在梦幻中，时间久了，便以为自己真的与众不同了，不情愿再记起本来的样子，如同一个终于发达的人失忆于曾经的落魄。

然而终归是要离去的，无论是突然地变故熄灭了光，还是到了必走不可的时候。从古至今，何曾见过永久不灭的辉煌？光环于生命是外在之物，虽炫耀却终究不得长久，人也好，物也罢，最终还是回归本我。

在光芒加于己身之时，当知其终将离去，它是生命的过客，虽美好却置于生命之外。若能如此思想，荣耀加身不亢，光彩黯淡不卑，于荣耀中淡然享受，黯淡时华丽转身，无论处于怎样的境地都找得到自己，也认可自己，那是再好不过了。

道理谁都懂，然而人处于光环中，难得能够清醒，盼望着并继而坚信荣光永不褪去。不得不走时，心中万般不舍，习惯了光彩夺目，惧怕了寂寞黯淡，甚至把惧怕也忘记了。于光环中抽身而出，肌肤黯然，心亦黯然，仿佛散发着光泽的才是真正的自己，这个不经渲染的我竟成了陌路，一点都不可爱，平常得不能再平常。然重回灯火阑珊处，并未见蓦然回首之人，人们都自顾自地走着自己的路。渐渐地，在寂寥失落中适应了卸却光环的索然，找回走失了的本我，每一处褪去华彩的发肤皆是真实的、亲切的，不再澎湃的心也是安然宁静。

暗夜中，看霓虹依然光彩迷人，夜色璀璨，心却不再怦然而动了。

不曾走进光环岂不更好？不然。那一段光彩的经历虽则短暂却是人生中的一笔亮彩，不必过于留恋，然却是值得回味的。想必人若始终游走于灯火辉煌之外，眼目多是为流溢的缤纷华彩迷离的，不安分的心也足足渴求着，好比围城，进过城再出来的人与始终徘徊于城外的人心态必定是不同的。奋争过才体会得到休憩的享受，高过才知道平处的安稳，人不经历浮华又焉能真正感知平淡的妙处？

何妨一试

餐桌的一条腿与桌面连接处的螺丝滑扣了，晃悠得厉害，有一次我竟然把那条桌腿给拿了下来，这才知道，原来它就是在那儿硬撑着呢，跟桌子没有一丝牵连。此后我的心就不安稳了，每次看到它就像看到一枚不定时炸弹，总觉着那餐桌会随时倒塌下来，弄一地狼狈。几次动心想换掉又舍不得，也不甘心，这年月也没处找修家具的工匠了，不过我心底里总是相信会碰到的，就像不管等多久总能等来自己要坐的巴士一样。就这么凑合着用了大半年。

下午外出回来，在楼下碰到一位换纱窗的男子，我灵机一动，走过去问他会否修餐桌，他稍稍犹疑了一下说可以试试。看样子是没修过的了，我有些小失望，不过反正也没有别的法子，有人愿意试试总是好的。临上楼前又见他片刻迟疑，似乎在权衡为这样一桩没有把握的事耗费时间值不值得，最终我俩就都抱着试试看的心态上楼了。

进门他钻到餐桌下看了看，我基本不抱希望地问：“能修吗？”“能！”他答应得干脆，然后就拎着一条桌腿下了楼。我在阳台窗前听到他乒乒乓乓一顿敲打，十来分钟后上楼，竟然三两下就给装好了。看到我心爱的餐桌又恢复了元气，心下喜悦，且喜形于色，他脸上也漾满成就感，想必是发现了自己的又一个潜能吧。

其实天天都能在小区里看到换纱窗的人骑着载满窗纱和工具的自行车转悠着吆喝，每次都心生遗憾。唉！要是有修家具的来就好了。只就今天多问了一句，结果拖了很久的问题便解决了，看似不可能的成为可能，两个人的不确定放在一起就成了确定。

小小一件事，开心之余，亦予我以启迪，令我有所思：看来遇到行不通的事，与其死认一条路，不如多方尝试，不要太相信自己的聪明而去判断，去轻易否定、放弃，与这天地间的奥妙相比，我们的认知程度实在微不足道，常常看不到表象下隐藏的真实。有时候我们抱怨上天亏待自己，好机会好运气都给了别人，其实是机会不知多少次送上门来，自己却识不得而误了事。所以当你找不到出路的时候，不妨试试那些看似走不通的路，也许真正的出路就在那里，况且就算走不通，最多不就是碰一鼻子灰吗？那又何妨？也没什么损失，至少给了自己一次尝试的机会。

心中无所挂虑，晚餐用得安稳。又思想起那位换纱窗的男子，不知他是否也因此而拓展了自己的业务范围，再碰到他的时候，会不会听到这样的吆喝：“换纱窗喽，修家具！”

待得花树璀璨时

晚上去北阳台翻寻一样物品，突然发现窗外小区的花园里流光溢彩，几树霓虹灯一字排开闪出迷人的红、蓝、粉、橙的光，在静寂的夜色中分外夺目，在冬日的萧条中格外令人振奋。多好啊！真是有过年的样儿了！久违的对“年”的盼望与喜悦之情倏然而出，心里竟有些甜丝丝的波涌动起来。

哦，想起来了，那不就是我白天看到的几树假花吗？午前出门路过小花园，几树大红大粉的塑料花树不由分说地一头栽入我视野，在黄杨树篱后的枯草地上异常扎眼，喜兴是真喜兴，俗也是十足的俗啊。我看着满心不悦，皱皱眉，撇撇嘴，心想谁那么没品位弄点儿假花放这儿，好好一处冬天的景致被破坏掉了，俗不可耐。午饭时，我还不无嘲讽地将此事当笑话讲给大家听，好似自己竟比人家高雅了许多。而此刻我看到了美，才明白插花人的用心，也为自己武断的抱怨与自视的高雅惭愧。看来书上说得对，不要论断别人，因为你并不知道其背后的隐情，眼见不一定为实，更多的实情是一时甚至有生之年都看不到的。

幸运的是，我终于还是在这个夜晚看到了那真实的美妙。可如果我不是这小区居民，而只是一个过客呢？那岂不白白误解了人家的好意？也许我永无机会再踏入这里一步，永无机缘见到这夜色中的璀璨，那与时节不匹配的大红大粉的花将在我心中永久定格。即便很快忘掉了，也是忘记一样令人不悦之物，我的生命中总是多了一刻厌烦，少了一程美好的经历；多了个俗气的插花人，少了个美的播种者。或者，我甚至无从得知这种得失，抱着我的偏见与高傲落在愚昧中而不自知。

我们每天、每年，甚或这一生中会与多少处地方、多少人、多少事有缘相遇，而仅仅只能是一场擦肩而过的邂逅？那匆匆一瞥，或是短暂的交融又能看到多少表象下掩盖的真实？我们凭此定义的美与丑、好与坏能有多少是客观公正的呢？

我们用自己的标尺做出的判断伤了多少善，又助了多少恶？

当我们以自己有限的认知来断定善恶，我们看到的或许只是一个表象，或是多面体的一个面。一个残缺的标尺如何能丈量出完整又复杂变幻的事物？然而我们通常看不到自己的缺漏，却似乎洞悉了身外的坑坑点点与污浊败坏。啊，扭曲的心和浑浊的眼怎能看到一个透亮光彩的世界！但这丝毫不妨碍我们迫不及待地向他或她投出足以杀人的鄙夷、不屑、排斥、轻蔑的眼神，和不休的闲言碎语。我们为什么不能去问问他：“可以帮到你吗？”或是，仅仅送去一个善意的微笑，一个鼓励的眼神，或是一番恳切率直的批评？

古圣贤曾说，不要论断别人，免得你被人论断；又说，你怎样论断人，人也要怎样论断你。可不是吗？想想我们自己的身后，明里暗里也不乏同样的利刃般的眼神与言辞闪着咄咄寒光。

我只是远远地看到了那人造的塑料枝杈花朵，而不肯就近去发现满树的小灯泡，因了自己的厌恶情绪而拒绝对其更深入地了解，草草得出结论，自己多了一份坏心情，人家无辜地得着一段冤屈。

误解固然伤人，然而最大的受损者是谁呢？真相就是真相，你看不看得到，了解不了解无妨它的存在，难道会因为我的无视，那花树的光彩就黯然无色了吗？当然不，黯然无色的只能是自己的眼睛和灵魂。

多少时候，我们因自己的无知而自认为是个聪明人，狂妄自大地论断是非善恶，追捧或贬损、赞美或斥责那虚幻的表象而罔顾事实。似乎何为真相并不重要，我们只是在借其发泄一种情绪而已，让自己失衡的心站得稳些，以高傲掩饰自卑，以怜悯提升自己的幸福感，以拉低别人的高来平衡自己的矮。

对于自己一时不能接受或理解的人与事物，我们可否多给别人也多给自己一点时间，等到恰当的时候，让其也展示出那出彩的一面，让自己有机会看到那精彩，多收获一种美好不也是桩乐事吗？放下感性的情绪，而理性地以一颗包容、宽和、善意的心去认知那些看起来不合己意的事物，你会发现这个世界美好了很多，自己的快乐也必有加增；会发现，你看这个世界有多好，你的世界就有多美。

让我们以一颗平和博爱的心，静待花树璀璨时。

丢落的康乃馨

有时候，会有一点小伤心，就是当自己的善意被人曲解时。

当初开的那个小店，是我第一次也是迄今为止唯一一次“触商”。每天，那一扇玻璃大门敞开，走进来的是客户，而我则投入一个小社会。形形色色的人进来又出去，来来往往中，很多从前未曾接触过的层面的人物闯进我的生活，让我见识到人间百态，也品到人间百味。

只说说那一点小伤心吧。

得承认自己是个享受型的人，又近乎偏执地攥着一颗伪文青的心不撒手，不论到哪里落脚，都少不了几支鲜花，即便只是一间不到二十平方米的小店也不含糊。有了鲜花、音乐和书，独自打理店面倒也惬意，对于一个内心孤独的人来说，那份宁静十分受用。

然而惬意总是容易被打破的。

因着一颗未泯的童心，说不出地喜欢小孩子。每个小孩子都是一朵灿灿的花，只要他们进了店门，我情愿将这里变成游戏间，货品任由他们摆布，从不介意，还会宽慰他们的家长：“没关系的，一会儿我再收拾就是了。”通常，家长们都能领会到我的善意，也不那么心怀歉疚了，大家都很放松，也很愉悦。

事情常有例外。有的家长并不能领会我释放出的好意，那仅仅是爱孩子而已，别无他求。她们反倒以为这是我的一种营销手段，冷着脸告诉我并没打算买东西，那警觉的目光像刀子一样直戳我心，我这不够强大的内心止不住地痛。我没有过多解释，只是淡淡地说，让孩子放心在这里玩儿好了，不用买什么。她们还是会很快将孩子领出去，也并未与我打招呼，只留下满处的凌乱。

还记得有一次，一个五六岁的小女孩，飘逸着半长的乌发，一帘密长的睫毛在葡萄珠般的大眼睛上扑闪，酷似一个洋娃娃。我喜欢得不得了，于是爱意泛滥，从玻璃瓶中取出一支浓粉的康乃馨送到小姑娘面前。我蹲下身子：“宝贝，阿姨好喜欢你哦，送你一支小花儿。”女孩儿张开粉嘟嘟的小嘴甜甜地笑着接过去，并不忘一声娇柔的“谢谢阿姨！”我好享受那一刻，享受带给小姑娘的快乐。只是这享受是如此短暂，那个妈妈很快走了过来，夺过小女孩手中的康乃馨：“不要不要，还给阿姨。”尔后把花扔到展柜上，一边拽着小姑娘往外走，一边扭过头对我讲：“我就随便逛逛，没带钱。”

我一个人怔怔地站在店里，心里泛起莫大的委屈与凄凉。哪里是要谁买什么东西呢？不过是喜欢小孩子罢了。我并不需要感谢，因为我已从小姑娘那甜甜的笑中得到了快乐。只是，请不要曲解我的好意呀，难道人与人之间只能是利益的关系了吗？

是从什么时候起，人们不再相信这世上本来就有“无缘无故的爱”

了呢？又是从什么时候起，“爱”成为一种商品，需要等价交换呢？人与人之间，“信任”已是一种稀缺物品，“无利不起早”和“天下没有免费的午餐”被人们奉为座右铭，成为判断人际关系的标尺。

那一支被丢落的康乃馨，是被我们冷落、淡忘的爱与信任。难忘那两个孩子一脸的不解和失落的眼神，小孩子们恐怕很难理解大人们的奇怪行为，谁来解答孩子们心中的疑惑？

如今，小店已经关掉，但康乃馨余香仍在。我愿每日随手送出心中那一支芬芳，哪怕偶然收获了曲解也不改初衷。我相信，在我不知道的时间里一个我看不到的地方，一群互不相识但与我拥有同样愿望的人们在送出一支支芬芳。我也相信，能欣然接过这芬芳的人会越来越多，这世间早晚会溢满爱与信任的馨香。

炫耀与嫉妒

有时候，无论愿意与否，是要面对他人的炫耀的。

其实有些你认为的炫耀，不过是亲近的人在与你分享他的快乐，而把这定性为分享还是炫耀，全在乎于你的心态。好的心态来自于人的实力——过硬的心理素质和厚实的能力。心理素质够硬自是不易受伤的，若非如此，则取决于自身的能力大小了。比如说，一个朋友兴冲冲地告诉你，他新购置了一辆别克汽车，如果你有一辆宝马或是拥有购买一辆别克及更高的经济实力，那么你一定不会认为这个朋友是在炫耀；又比如一位老同学特意打来电话说他刚刚拿到了 MBA，如果你已经拥有了博士学位则同样不会认为是老同学在向你炫耀的。这样的人，他通常只顾沉浸在自己的快乐中而忽视了你的感受，或者天真地认为你会与他感同身受，而绝无刺痛你的恶意。当然，举的这两个例子比较世俗，然而人们正是在这些俗事儿上容易与自己较劲的。

要命的是，确有些人会专门针对你的弱处炫耀，你的自尊被刺痛的那一刻，微妙心理会完整无缺地写在你的面部表情和眼神里，你的欲盖弥彰只会加重难堪，而你的难堪正是炫耀者所预期的，炫耀的意义即在于此。

面对有意的或无意的，以及因你的自卑而误以为的炫耀，你会嫉妒吗？想必大多数的人会悄悄在心里给自己一个肯定的答案。究其根本，嫉妒的原因乃是内心的自卑，是对自己的不认可。这样的不认可在没有比较的时候被自己刻意地忘记了，他人的荣耀照来时刺醒了那点隐藏的记忆，直面他人的强与自己的弱，心骤然间失衡。无须尴尬，其实这是个很正常的反应，嫉妒不可怕，关键是嫉妒后的选择。

如果你的嫉妒一直在延续，那么定会陷在痛苦里，愤愤不平，怨天尤人，觉得整个世界都辜负了你，进而这个走运的人就成了你眼中的一根刺，想到他的幸福便会加重你的痛苦。心底里认定自己不能拥有的他人也是不该得到的，似乎是他人的强造就了自己的弱，做梦都希望这个人立时触了霉头，最好一败涂地，唯如此方出得心中这口恶气。然而，即或这个人真的不幸栽了跟头，你还是你，他失去的福分不会有半点加增在你的头上。嫉妒让人消极甚至沉沦，你每日所思的不是自己如何更好，而是别人如何遭难。

嫉妒也可以只是一个闪念，是瞬间的失落，而后很快告诉自己，我的亲友得到了他想要的幸福呐，你看他多开心，不该为他祝福吗？这难道不也是我的快乐吗？你试着为他祝福，如同自己的幸福一样，然后你会真的发自内心地为他快乐。如果，这样的幸福也是你希望拥有的，告诉自己你也可以，想要吗？努力呀！你的生活自是添得了一份动力，在你懒惰、懦弱、退却的时候会有一个声音告诉自己要加油。

嫉妒是很折磨人的。一些人总希望别人过得不如自己好，至少不能超越自己的好，否则心里就不舒服了，如果这个强于自己的人再是身边的亲友，更会怒火中烧，这样的痛苦无时不在地扭曲着自己的灵魂与生活，让自己每况愈下。既然嫉妒是如此地有百害而无一利，不如把嫉妒变为自己努力的动力，让自己更好而非盼别人更坏；把嫉妒变为祝福，让自己因他人的幸福而快乐，如此自己多了份快乐不说，上天也会因你的德行而降福予你，这岂不是一件妙事。

守住手心里的幸福

从美术公司出来，一个硕大的双肩背包已经被我塞得几乎没了空隙，拎起来好沉，背在背上犹如压了块沉重的顽石，又如有双巨大的手狠命摁着双肩，感觉自己矮了下来。曾经羡慕飞鸟的翅膀，如今只怀念轻装慢履的平日，不过想到包里都是自己的宝贝，也就背得心甘情愿了。

不知走了多久，猛然意识到自己不知从何时起似乎已经忘记了背包的沉重，也许是只顾着欣赏路两旁的街景了吧，或是适应了这分量呢？我理不出一个头绪来，只觉背包仿佛成为自身的一部分了，脚下的步子轻快了许多，一路上倒也快活。

到了家里，等不及换好拖鞋，就把背包卸到了沙发上。就在放下背包的那一刻，仿佛自己瞬间飘了起来，又仿佛自己不存在了，这种放下重负的轻松委实难以言表，好一会儿都沉浸在这轻飘飘的幸福之中。再一会儿，这种轻松便成了常态，感觉不到它的存在了，因之而来的幸福感自然也没了踪影，像是什么都没发生过。

平淡的幸福只有在失去时才意识到它的存在。小如感冒，被鼻塞折磨得心烦意乱了，才想到通畅的呼吸是多么舒适，然而平日里谁会为呼吸通畅而愉悦，而感恩呢？我们拥有健全的四肢却埋怨自己不够漂亮，拥有健康的身体还要认为不够高大，衣食无忧的人怪自己不够富有，好的还要更好，强的还想更强，人们大都在为得不到的而懊恼抱怨，鲜有人为已拥有的惜福感恩。似乎握在手里的是天经地义、理所应当的，而得不到的则是上天对我们的亏缺。

有那么一日，当上天从被你忽视的拥有里抽取了一点点，在痛楚中你才会发现失去了多么可贵的东西。突如其来的痛楚正如压在身上的背包，扰了人的舒适却又不得不背负。负重而行，哀叹之余不免忆起昔时那份平淡的惬意来，追悔莫及，又为此抱怨命运的不公，然而怨天尤人于事无补，只是徒增了苦楚的分量，路走得越发艰难了。既然已经发生了，不如安然处之，把这沉重的包袱当作生命的礼物，怀一颗感恩的心前行。如此一路走下去，我们的体魄健壮了，心强大了，负重的行程使我们坚强、乐观，懂得了珍惜和感恩，并且发掘出自己意想不到的潜能来，背负的痛楚也觉越来越轻了。

经历过磨难才真正懂得幸福的滋味，失而复得才学会珍惜拥有。如同咖啡重在品，一段沉重的经历重在其后的思考，没有思考的患难终究只能算场悲剧。当得以放下重负的时候，我们为重得的轻松而倍感喜悦，更倍加珍惜。犹如久在暗夜里终得见到了久违的光，又如行于荒漠喜逢甘泉，平日里司空见惯的光与水竟是如此的金贵。细数我们已拥有的生命、健康、平安、爱情、亲情、友情哪一样不是如水如光般珍贵，哪一样值得我们舍弃去追逐浮华的诱惑？有些幸福失去了我们可以努力寻回，然而并非所有的幸福都可以失而复得，发现身边的一切美好，珍惜它、享受它，莫等失去了再追悔。

世间有诸多的美妙，这是造物主予以人们的馈赠，你所拥有的不是人人可得，一个人也并非样样都能拥有，感恩自己拥有的，守住手心里的幸福，为别人拥有的快乐真诚祝福，心才得以平和轻松。